序

老朽着实愚钝，直到近期，方晓在昌邑数个文史微信群中经常发声的刘维令先生，乃是撰写《刘家庄人文》的作家林夕。

刘维令先生，笔名林夕，斋号敦梦轩。月前微信与我联系，欲将数10年来创作、搜集、整理、辑录的传说、故事、诗歌、散杂文、逸闻札记等，汇集出版《敦梦轩文集》，并嘱我写序。我自知才疏学浅，且老眼昏花，看手机电脑皆很吃力，便试想婉辞。然，刘老先生亲莅潍坊舍下，叙谈中肯，胸襟坦荡，真情殷殷，阳光冰鉴。我甚为感动，则欣然从命了！

通读刘维令先生的作品之后，掩卷运思，概括归纳，将作者与作品两个方面合在一起，略陈管见如下：

一、他是一个勤奋好学、自强不息的人。1964年，他16岁于昌邑六中初中毕业。因父亲病逝，家境困顿，未能继续求学，后则务农。可他没有就此止步，虚度光阴。而是不顾劳作苦累，夙兴夜寐，勤奋读书。日久天长，则成为乡村的文化能人。改革开放后，他又攻坚克难，自学建筑学科的理论知识，在建筑队中竟然挑起施工技术的重担。与此同时，他始终酷爱文史，博览群书，且随身带笔，有闻则记。故涉猎广泛，兼收并蓄，厚积薄发，资料丰富，兹为而今汇辑成集奠定了基础。

二、他是一个积极播扬中华优秀传统道德文化的人。他写的几篇类似故事的小说，如“联姻题”“‘大姐’回‘家’”“犟牛拜年”等，悉为篇幅不长、主题鲜明，褒扬那些情操高尚、知恩思报、尊祖敬宗、爱国爱乡的具有传统美德的人物与事件。我认为，这些皆隶属儒家文化范畴。衍生于齐鲁大地、形成于春秋战国时期的儒家文化，以其博大精深的内涵和兼收并蓄的影响力，长期处于中华传统文化的主体地位。因此，成为刘维令先生的思维模式和价值取向，也是自然而然的。

三、他是一个热情采访古迹文物、辑录旧事逸闻的有心人。打开他写的《刘家庄人文》的目录一看，你便明白，他的兴趣多么浓厚，涉猎多么广泛，追求多么执着，收获多么丰硕！有姓氏谱牒、村名地理的考略，有习俗节日、技艺传说的溯源，有碑铭家训的解读，有名人逸闻的拾遗释疑……总之，有关本地文史范畴的古往今来大小事件可谓应有尽有，但不是简单堆砌的“杂烩”，而是经过分析胪列、条析缕陈的“拼盘”，极富人文知识品味。近期，在家乡“鄑邑人文”微信群中，有师友询问柳疃镇张家车道村墓碑之事，刘维令发文：“老师们，上午好！这是我 2014 年春，到张家车道村北公墓坐着马扎亲笔抄录的张氏祖墓碑碑文，并作了标点。呈交群友们批改为盼。”并附抄文照片。随后昌邑历史的资深研究者韩庆林先生点赞刘维令曰：“老弟真是有心人也！”这说出了众位师友对刘先生的衷心赞许！

四、他是一个热爱家乡、热爱乡土文化的人。我认为，这是他对本土历史、古迹、风俗、艺术殚精竭虑的研究考证和不

敦夢軒文集

林夕/著

中国文联出版社

图书在版编目（CIP）数据

敦梦轩文集 / 林夕著 . -- 北京 : 中国文联出版社，2024.3

ISBN 978-7-5190-5461-8

Ⅰ . ①敦… Ⅱ . ①林… Ⅲ . ①中国文学—当代文学—作品综合集 Ⅳ . ① I217.2

中国版本图书馆 CIP 数据核字（2024）第 055497 号

敦梦轩文集

著　　者：林　夕
责任编辑：于晓颖
特约编辑：李　强
封面题签：魏金永
责任校对：秀点校对
装帧设计：肖华珍

出版发行：中国文联出版社有限公司
社　　址：北京市朝阳区农展馆南里 10 号　邮编：100125
电　　话：010-85923058（编辑部） 010-85923025（发行部）
经　　销：全国新华书店等
印　　刷：三河市宏达印刷有限公司

开　　本：880 毫米 ×1230 毫米　1/32
印　　张：7.25
字　　数：173 千字
版　　次：2024 年 3 月第 1 版第 1 次印刷
定　　价：88.00 元

辞劳苦的执着采撷的原动力和思想根基。“对它关心，是因为对它爱得深。”众所周知，5000年的炎黄春秋，已数历沧桑，屡遭劫难，被焚被毁而濒危消泯者，被阉、被改而面目全非者，数不胜数。因此搜集、抢救、整理、保护既非常重要，又非常艰辛。刘维令先生既非专业考古人员，亦非在职文物工作者，而是一位心怀满腔激情的志愿者。酷似麦收地里的捡穗人，又像灾年的拾荒者。用昌邑人的话说：“见菜就往篮子里剜。”用文人的话说，则谓之“拾遗”“钩沉”或戏谑“访古学究”。在这方面想有所收获和成绩，说实话，须费心费力，非下苦功不可，且必须日积月累、坚持不懈。刘维令先生能够长期坚持实属难能可贵呀！对此，世人多不理解。有的学者说：“在历史遗留下的痕迹正越来越快地从地球消失的今天，谁能卓有远见地将其多保留一点，将在未来赢得人类越来越多的关注。”这已成为广大地域文化研究工作者和社会有识之士的广泛共识。我也非常赞同，并衷心向年高德劭、才识不俗的刘维令先生致以诚挚敬意！

五、刘维令先生的作品，涵容史学性、知识性、本土性、可读性于一体，朴实无华，我认为，属于原生态的“绿色”精神食粮。比如《工地上的故事》，若按小说的惯常要求，结构须头尾呼应，节奏须起承转合，情节须波澜迭起，内容须丰厚集中，人物须个性鲜明。用这把老尺子衡量，这篇作品欠缺、瑕疵确乎不少。但是再三细读品味，于中秋季节在建筑工地上那些远离家乡亲人的农民工们，面临家中秋收秋种的各种困难，呈现出的各种情绪波动的愁烦焦灼，作品的叙述描写可谓情真意切、入情入理、不雕不琢、栩栩如生，泥土气息扑面而来！若非亲身经历，凭空岂能想象得出？这，兴许便是刘维令先生作品的主要特色。

毋庸讳言，文集中不少作品还有点儿粗、有点儿碎，如毛坯，似素材，欠精细加工，也像一堆砖瓦木料，尚未盖起美轮美奂的亭台楼阁。然而，我沉思数日，突然转念另有所悟：“这难道不是考古学者与文学作者思维走向的区别吗？在你眼里是堆砖瓦木料，若是其中有秦砖汉瓦，能再加工雕饰，甚至用来理墙盖房吗？”对，我苛求了，我隔行了！不能见过宫廷御膳菜谱，便否定咱昌邑就着大葱蘸虾酱啃“帕谷”的独特风味吧！

一方水土养育一方百姓，一方百姓创造一方文化。学者称为地域文化。不同个性特质、各具特色的地域文化便是源远流长的中华文化的多样化绽放，是中华文化整体的组成部分，更是中华民族精神得以不断塑造、培育的不竭源泉。文化是民族之魂，是民族凝聚力的旗帜、桥梁和纽带。我们昌邑的地域文化属于齐鲁文化的组成部分，齐鲁文化又是中华文化的组成部分。因此，我殷切期望，刘维令先生自强不息，继续努力，百尺竿头，更进一步。也期望，在我们昌邑大地上涌现出更多的有识有为之士，写出更多更好的作品，为丰富、发展中华文化增砖添瓦、增光添彩，做出更大贡献！

魏金永　原潍坊市文化局副局长、潍坊市文联副主席
2022 年 6 月 22 日于潍坊公寓

乡土故事

记事随笔

红色记忆

怀旧岁月

古迹寻踪

绸乡传说

即景随笔

诗苑学步

乡土故事

联姻题

春节前夕，我接到一封来信，拆开一看是陈思邀我去参加他的婚礼。我本来时间安排得挺紧，真没空去，但别人的婚礼不去参加皆可，陈思的婚礼再忙也得去。这里面有两个原因：一个原因我是和陈思自小就是要好的朋友，再一个原因是陈思今年31岁了才结婚，并且听说对象还是一个大学生。所以我抱着好奇的心理去了。在婚礼上同志们要他介绍恋爱经过，新娘柳霞毫不羞涩地拿出一张纸，上面写着一道数学题，向大家展示说："就是这道题把我们联系在一起的。"

柳霞是个自尊心很强的姑娘，她20岁那年高中毕业，在生产队干了两年，后又到供销社干合同工，去年秋天听说大学恢复高考，择优录取，就想去参加高考，但由于自己的基础很差，怕一旦考不上丢人，就没有去。但自那时起，她就下决心从头复习功课，准备参加今年的高考。

吃过早饭，柳霞就来到了门市部，将柜台里、柜台外打扫了一遍，又把货架上的货物整理好，仔细清点了一遍，看看什么货物还有多少，放在哪个格子里，什么货物卖光了，到仓库提来又摆放好。把这些事情都做完了，抬起头来看了看还没有顾客，就拉过一个凳子坐在柜台前，从裤袋内掏出一个小本子翻了几页，摊在柜台上，又从上衣口袋内掏出钢笔，埋头做她昨天晚上没有做完的数学题。她正在做着题，传来一个闷声闷气又急促的声音：

“同志，我要盘根。”

柳霞打了一个冷战，抬头看了看：是个青年，二十七八岁，浓眉毛下闪烁着一对大眼睛，蓝制服和套袖上都带着油污。她迟疑了一下问道：

“你要什么？”

“我要水泵上填料用的盘根。”

柳霞放下手里的钢笔，走到货架前去拿盘根，那个青年看见钢笔下的小本子上写着：$\log_3\log_5 125=\log_3\log_5 5^3=\log_3 1=0$

等柳霞拿回盘根，那青年指着小本子说：

“你做的这道题错啦！”

柳霞又抬起头看了一眼这个青年，心里想：“你懂啥？”嘴上却说：

“怎么错啦？”

青年说：“就错在以 5 为底的 125 的对数应该等于 3，而不是等于 1。”

柳霞一听，他还真懂咪！就把本子和钢笔递给那个青年：“请您把式子列在本子上。”

这个青年没有立刻回答，也没有去接本子，却把手伸向自己的上衣口袋，掏出一张 5 元人民币递给柳霞说：“那你先找着钱，开着单据，我给你做出来。”

柳霞接过钱去，他真的俯身在柜台上拿起笔来做题了。柳霞找好钱，开好单据走过来，看见本子上写着：$\log_3\log_5 125=\log_3\log_5 5^3=\log_3 3=1$

这个青年写完抬起头来，把钢笔放在本子上，接过钱和单据，看了看单据，又点了点钱，把钱和单据掖在口袋里，把本子和钢笔递给柳霞说："你如果还看不明白，下班后可以去找我，我是文庄的，叫陈思。但我对你有个要求：不要在上班时间内复习功课。"说完，拿起盘根匆匆走了。

柳霞望着他的背影出了门市部，呆呆地在那里站了好长时间，不自觉地拾起柜台上的本子，刚想看看这道题到底是对是错，猛然想起陈思刚才对她的要求，就忙把本子掖在裤袋内，照应顾客去了。在照应顾客的间隙，柳霞不时把手伸向裤袋，但她一想起那位陌生青年的话，就又把手缩回来，这样一连好几次。好不容易到了下班时间，她边吃饭边琢磨这道题，横竖都认为是自己做的对，对陈思给她做的那道题怎么也理解不了，后来竟决定去找陈思给她解答。

她把自行车推出宿舍，又把宿舍门锁好，刚想上自行车，忽然又考虑到："我和人家从不认识，又是个男同志，怎么好意思去求人家？"她犹豫了多时，但到底还是求知心切，终于骑上自行车向文庄驶去。

她来到文庄，找到陈思的家，看见门上挂着锁，心想：都快 1 点啦，能到哪里去？询问邻居后才知道，陈思在东坡浇麦子，还不一定什么时候回家，早晚等别人吃完饭去替他才能回家。并告诉她："你如果有急事就到地里去找他吧！不太远，过了公路就能看到。"柳霞只好又骑上自行车找到地里去。

这时陈思正准备回家吃饭，看见上午那位售货员来了，忙说：“难为你啦！到这里来找我。”

柳霞忙说：“给您添麻烦啦，上午您给做的那道题我解不开，来请教您。”

“那好吧，回家后我一步一步地给您做，您就能看懂了。”陈思说。

柳霞一拍自行车后货架说：“来，我载着你还快些！”

陈思顿时红着脸，不好意思地说：“你骑着走吧！我步行就可以。”

柳霞看出了他的意思说：“别那么封建啦！快上来吧！”

就这样两个人来到了陈思的家。

到家后他也没打招呼，就从抽屉里拿出一张纸，“唰唰”地写起来：

$\log_5 125=\log_5 5^3=\log_5 5+\log_5 5+\log_5 5=1+1+1=3$，并不是$\log_5 125=(\log_5 5)^3=1^3=1$

写完后把那张纸递给柳霞说：“你逐步地领会，我吃饭去，不明白的地方再问我。”说着走到外间去了。

柳霞逐步看完题，理解了以后才仔细地端详着这个房间：南边炕单上面整齐地叠着一床被子，被子上面是枕头，用一块洗得发白的旧枕巾盖着，北面是衣橱和柜子，西边靠墙是一张二抽桌，桌子上摆满了书籍，书籍的前面是一个笔筒和墨水瓶，笔筒内插着蘸笔、铅笔、毛笔和圆规，只有书籍旁边放着一套牙具和一个肥皂盒。柳霞情不自禁地拿起一本《三角》看着，上面重点部分都画着杠杠，有的地方还画着“？”。一会儿她又走出房间，看见陈思在锅台旁吃饭，一只手拿着窝窝头，一只手拿着块咸菜，不时还从锅里用勺子舀着水喝。柳霞一惊：

“啊！怎么吃冷的？”

“对付着吃点吧，吃饱了还要去干活。”

“怎么？嫂子去哪里了？也没做饭！”

“对象还没有，哪来的嫂子！谁喜欢我这样的憨小子？”陈思红着脸说。

柳霞不禁也红了脸，忙用话岔开：“我因为基础差，有很多问题弄不懂，您能经常帮助我吗？”

“只要你不嫌我知识面浅，咱们就互相学习好啦。”陈思说着，就拿起锁来准备锁门。柳霞只好推起自行车走出门口，又回头看了一眼这个憨实的青年。

回门市部的路上，柳霞想：“这个陈思怎么这样怪，说他对人热情吧，还一点客气话都没有。说他冷酷无情吧，竟能这样热心帮助人，而且素不相识。这样的青年真没人爱他吗……”想着想着，不觉脸上发烧，回头环顾了一下四周，好像怕被人发现什么似的，于是脚下就加快了速度。

后来她的同学小燕告诉她：“陈思和我一个村，我了解他，他是1965年初中毕业生，今年29岁，当时生产队正缺会计，他就没考学，回到生产队担任了会计。我常看见他一有空不是看书，就是写字、做题，听说他现在已经自学到大学二年级的课程啦。但他不通情理，不管是谁都不给留面子。有一次他叔叔谎报了一个工，他都当着大伙的面批评了他叔叔一顿，扣去多记的工分。而且他是个冷血动物，从不和女同志说笑，人家都说他傻。因此没有肯接近他的人。”虽然小燕这样说，但柳霞却不完全相信，因为她知道小燕是个朝三暮四的姑娘。

打这以后，柳霞经常找陈思帮助解答一些疑难问题，还向他借了一些书籍和辅导材料，也经常从伙房领了热馒头和菜给陈思带去。

金色的秋天到了，社员们在收获着秋作物，黄澄澄的玉米含着露珠向着朝阳微笑。陈思正从场院干活完回家吃早饭。忽然听到一个姑娘的声音:“陈思哥，我向您辞行来啦！”

陈思顺着声音望去，是柳霞，忙问:“怎么？”

“在您的帮助下，今年高考，我被山东大学数学系录取了，明天就要去报到，特来向您告别，并把借的书还给您。”说着，自己走进里间，把书放在桌子上，又来到外间，坐在一个板凳上端详着他……

陈思一回头，两对目光碰在一起，柳霞的脸“唰”一下子红了，红得像早晨的朝阳。陈思又低头吃他的饭。

等陈思吃完饭，她说:“您还很忙，我该走啦。”话虽是这样说，但身子却没有动。

“那我就不多留啦，希望你能够成为一个名副其实的大学生，为‘四化’建设当好尖兵。”

柳霞本想多待会儿，但陈思已经下了逐客令，只好站起来说:“我到学校后马上给您来信，希望我们以后经常联系。”

送走柳霞后，陈思回到屋里，看见书上面放着一张照片：方圆型的脸上一对酒窝，水灵灵的大眼睛像在说话，齐肩的两根小辫显得更加俊俏。翻过照片背面，几个娟秀的字映入眼帘:“让她留在您的身边吧！”

1978 年冬写于旧居草庐，1980 年冬修改于旧居

犟牛拜年

常言说：进了腊月就是年。说起年来我想起了一则故事，分享给大家。

20 世纪时，有个乳名叫牛的人，因为人好认死理，所以乡亲们都叫他犟牛。犟牛是本家族的长房长孙，每年过年堂屋正面都供奉着历代先人。叔父前几年在外地工作，不来给先人拜年就罢了，这几年离休后他就住在老家，过年也不来给祖父拜年。犟牛对此颇有微词，媳妇虽没说别的，但从脸色上看也有不悦之意。这一年除夕上坟回来，夫妻二人包着饺子，犟牛对妻子说："今年年五更你和孩子该去谁家拜年就去谁家拜年，我不去给咱叔拜年了，看他怎样。你心里有数，不要大惊小怪！"妻子看了他一眼，也没说别的。

大年初一清晨，为叔父的因侄子没去给他拜年受不了了，他找到本家族爱管闲事的兄长——大炮。大炮一听火了："哪有这样的道理？反了他了！非得拾掇拾掇他不可！"遂召集本家族同辈二十几人齐聚大炮家，让年龄最小的一个去通知犟牛。

小叔虽是长辈，但年龄要比犟牛小不少，因此说话还算客气。来到犟牛家说："你的叔叔们都在你大炮叔家，让你过去有点儿事。"犟牛跟随小叔来到大炮家。刚走到院子就看见大炮叔站在堂屋正中，满脸怒气地瞪着门外，看到犟牛来了，还没等他进屋就横眉竖眼地问道：“牛，是你今夜没去给你叔拜年？”犟牛站在门外说：“叔，咱们讲理不讲理？如果讲理，我们就进屋在历代祖先面前评评理，如果我说的是个理，咱们就照着理走，如果我说的不是个理，今天大年初一守着正北的历代祖先，要打要罚我认了！如果不讲理，我就不用进屋了，马上就走！”大炮瞪着眼怒吼：“你不给你叔拜年还是个理？不讲理叫你来做什么？”犟牛一边向屋内走一边说：“我叔不给他亲爹拜年，就不要嫌他侄子不给他拜年！”大炮马上怒吼：“你爷爷不是不在了吗？”犟牛看了看满屋的叔叔们，真的都是怒容满面，大有兴师问罪、执行家法之势！犟牛不慌不忙地说：“我爷爷是不在了！但昨天下午我们干什么去了？”一句话问得满屋叔叔们大部分脸上的怒色消失，但大炮还是理直气壮地说：“上坟去了。”犟牛接着话茬儿说：“上坟不就是为了请老头子回家过年，与我们团聚，共同欢度新年吗？现在历代老人都还在我堂屋正北坐着，你们有几个去给老人拜年的？如果只请逝去的先人回家过年，不去给逝去的老人拜年，让历代老人们在那里冷冷清清，那昨天下午去上坟还有什么意义？”几句话问得满屋叔叔们张口结舌。

犟牛接着说，“我没给叔拜年是不对，但这是被你们逼的！你们不给先人拜年，而怨晚辈不给你们拜年，你们自己想一想，这是个理？你们今天不是想教育晚辈吗？就这样教育法？国家还要在重大节日对为祖国做出贡献的先贤们进行纪念活动，难道在春节期间不应该给生我们养我们的先辈们拜个年？”几句话说得众位叔叔默不作声。

最后，一位年长的叔叔站起来说：“牛，你不要生气了。是叔叔们考虑不周了！你今天也算是给我们敲了个警钟！我建议从今年开始恢复祖上的礼孝传统，就照你说的办。”

从此这个家族每逢过年，都要先到长房屋内去给兢兢业业、勤勤恳恳、治家创业的先辈们拜年后，才各家相互拜年。

2018 年 1 月 22 日于敦梦轩

“大姐”回“家”

初夏的曙光，照耀着大地，点亮了村庄；晨曦的露珠滋润着农人的心房；辛勤的双手培育着丰收的希望；坚实的脚步稳健地奔向那富足的小康；田园妪叟显露着幸福喜悦的脸庞！

出租车在村头公路停下，出租车司机说：“大姐，您要去的村子到啦！”

一语惊醒车后座上沉思的老妪：“这是崇儒屯吗？”

“不信您自己看，大红门上写着哪！”出租车司机说。

老妪抬起头来朝车窗外看了看，果然路右一个红彤彤牌楼，上面横书着“崇儒屯欢迎您”几个大字。“唉！真是不知道家了！”老妪感叹道。顺手掏出钱包，抽出一张面额20元的钞票递给司机，出租车司机刚要找钱，老妪说：“算了，别找了，感谢您，要不我还真是找不到家了。”

瞬间，从车内下来一个满头银发、容颜韶秀的老妇人，端详着牌楼和牌楼后的村落：“变化真是大啊！”

她就是48年前来昌邑崇儒屯插队落户的青岛下乡知识青年，人们称其为“大姐”的周娟。

当年下乡时的周娟虽然还不满20岁，但在下乡知识青年中算是大龄青年了，所以人们都称其为“大姐”。村里的青年也都跟着叫开了“大姐”。后来“大姐”竟成了她的代号，而把她的真实名字忘掉了。

村头路北就是村委会，“大姐”走进村委办公室，村委会计小杜问道：“您找谁？有什么事吗？”

“我叫周娟，是原来的青岛下乡青年，‘回家’看看我的第二故乡！”

“哦，您就是原来的‘大姐’吧？”小杜在给她倒水时，随口问道。

“对！在村里时都叫我‘大姐’。你是？”周娟回答并询问着。

小杜把水杯放在沙发前的茶几上说：“您坐，喝水。我年轻，您可能不认识，我父亲是杜尊儒。”

“哦，你父亲就是杜老师？当年我还多次求教过他老人家不少知识呢。他老人家身体可好？”周娟走向沙发敢自坐着敢自问道。

“我父亲过世多年了。”小杜回答。

“唉，变化真大啊！我这次回来都不认识自己的‘家’了，幸亏出租车司机指点才敢确认。乡亲们都好？”

“都好！自从改革开放后，乡亲们除去种好自己的责任田外，还发挥个人的特长，经营着自己的项目，都富裕了。这不，没用了10年就全部完成了村庄规划，家家户户都住上了宽敞明亮的大屋。1980年尚学哥办起了丝织厂，后来又发展扩大了印染厂。发家致富后他不忘乡亲们，在12年前自筹资金硬化了村路。”小杜说。

“尚学哥？是不是当年的团支部书记杜尚学？”

“对！就是他，他之后当了党支部书记，带领村民走上了共同富裕的道路，五年前提出让贤，把支部书记的重担交给了年富力强的青年才俊，现在管理着村老年活动室。这个老年活动室也是他投资兴建的，就坐落在原来青年组驻地。”

“我们青年组栽的那棵常青树（冬青树）还有吗？”

“还有，本来那棵常青树在规划区域上，为了保护那棵常青树，尚学哥在筹建老年活动室时少盖了一间屋，把其保护了下来。”

“那你带我去老年活动室看看吧！”

就这样，“大姐”在小杜的带领下来到老年活动室，见到了当年自己亲手栽下的常青树，感慨万千……

2018 年 5 月 18 日于敦梦轩

非常时期特殊年

腊月二十六，耿老汉刚吃过晚饭，洗刷好锅碗，准备到街上溜达一圈，消化消化食好回来睡觉，忽然口袋里的手机响了起来，耿老汉赶紧摸出手机，打开一看是儿子耿祥打来的，急忙按下接听键。

原来耿老汉年轻时就响应党的晚婚晚育号召，直到30岁才结婚，而且响应“计划生育办公室”的号召：“只生一个好，政府来养老！”就这样耿老汉夫妇只生了一个儿子就做了绝育手术，专心抚养着耿祥这个孩子。孩子也争气，一直读到硕士研究生，离毕业还有半年（实际是半年实习期）就被河南医学院附属医院聘为医生。参加工作后，耿祥又同本单位的护士张洁谈了恋爱。天有不测风云，两个人正准备结婚之际，耿祥的母亲不幸驾返瑶池，撇下耿老汉独自一人。按习俗隔年为儿子完成了终身大事。这不！现在孙子、孙女都有了，也儿孙满堂啦！儿子、儿媳事业蒸蒸日上，孙子、孙女活泼可爱。本来耿祥夫妇想接耿老汉到他们那里一起生活。但耿老汉热土难离，怎么说也不去，只好一个人在老家生活。

自从耿祥结婚后，耿老汉就和儿子、儿媳说好了：“因为你们双方都是独生子女，每年过年必须轮流过，今年在男方家，明年就要到女方家，不能厚此薄彼。”亲家夫妇为照顾耿老汉独身一人在家过年太孤单，就安排耿祥夫妇在耿老汉家过两个年，在他们家过一个年。今年本应该在女方家过年，耿老汉只预备了自己过年的食品。但刚才儿子打来电话说今年要回家过年，怎么办？那只好明天去宏大市场集继续置办年货！到时真还缺少什么，就去超市填补一下就行了。

腊月二十九下午4时许，轿车缓缓地停在了大门外的停车位上，儿子、儿媳还在从后备箱内大包小包地拿东西，孙子、孙女就跑到屋里大声叫着：“爷爷好！爷爷我想您啦！”并一人拉着爷爷的一条胳膊往怀里拽。耿老汉只好蹲下来亲切地说：“爷爷也想你们啦！”耿老汉向着茶几上各种水果努努嘴，“你们看，这是爷爷给你们买的，想吃什么就自己去拿。”

孙女就跑向了茶几，孙子却还是拉着爷爷的胳膊说：“爷爷，您给我预备的鞭炮呢？”

耿老汉用手指着房间说：“就在我的床底下，你自己去看看，还想要什么，明天我再去给你买。”

就在爷孙三个说笑着的时候，儿子、儿媳提溜着大包小包也进了屋，儿媳边放东西边说：“爹，您老还挺壮实？”

耿老汉笑呵呵地答道：“身体还凑合着吧！你爸妈都好？”

张洁赶紧回答：“都好！让您老挂牵啦！”

这样寒暄了一会儿，儿子、儿媳去预备晚饭了，耿老汉就陪着孙子、孙女玩了起来。

一会儿晚饭做好了，一家人其乐融融地吃过晚饭，耿祥夫妇洗刷好碗筷，本想与老人多聊会儿，但耿老汉却提出：“你们反正回家了，过年期间有的是时间，慢慢聊。你们一路劳顿就早早休息吧！”

第二天除夕早晨，耿老汉捞好了陈饭（用大枣和小米制作的一种食品，寓意家中始终有陈米剩饭），又加入切好的菠菜和豆腐，熬好陈饭汤。耿祥也起来带领儿子燃放鞭炮，小女儿捂着耳朵站在屋里看放鞭炮。

吃过早饭、喝过陈饭汤，耿老汉爷俩赶紧拾掇堂屋正面，挂好苇帘子，又挂家堂、花瓶对联，再在家堂前摆放先人神主，神主前摆上供品，最前面摆放香案、烛台、奠壶。小孙子、孙女也忙活着参与打印纸钱，分划信香、纸钱。张洁则坐在沙发上用金银箔叠着金锭银锞。这样忙活着不知不觉就到了晌天啦！

吃过午饭，耿老汉与儿子在家等齐本家族的男丁共同去祖茔、支茔和自家先人的坟上燃放鞭炮，恭请列祖列宗回家过年。张洁带领儿子、女儿在家包饺子。耿祥爷俩上坟回来给先人安座后，耿祥就让老父亲去休息了，自己到厨房做菜。做了六个菜后，也就傍黑天啦，张洁也包好了饺子。夫妻俩忙着下饺子，耿老汉就点燃供桌上的蜡烛，引燃信香，分别插在香案和天井供桌的香炉以及灶王前的香炉内，又在这三个地方焚化了纸钱。这时，饺子下好，先用供碗盛上几个饺子，再把其余的饺子盛在饺子盘内，耿老汉双手端着供碗的饺子敬过天地、灶神和列祖列宗后，把供碗放在家堂前的供桌上。耿祥带领儿子放鞭炮，张洁带领女儿摆好餐桌后，就招呼全家吃年夜饭啦！

餐桌上，耿老汉面前摆着白酒，耿祥自从国家实行禁止酒驾就戒酒了，因此与两个孩子喝饮料，张洁面前放着干红葡萄酒。孙子首先站起来端着酒杯祝福爷爷：

“新年快乐，身体健康；福如东海，如意吉祥；笑口常开，天伦永享；事事顺心，余热放光；春秋不老，寿域无疆！”爷孙俩共同干了一杯。孙女又站起来祝福爷爷：“新年快乐，万事如意！”

爷爷为孙子、孙女发放了红包，并祝孙子、孙女：“好好学习，天天向上；快乐健康，茁壮成长！”

耿祥夫妇也向老父亲做了祝福，大家共同干杯，一家人其乐融融。这时耿祥的手机震动了起来，他走进卧室接听了电话，出来后说：“同事的拜年电话，咱们接着喝！”……

除夕夜，万家灯火，天地通明，鞭炮声声，烟花频起；室内烛光摇曳，映得家堂人影晃动，鹿鹤起舞。爷爷与孙子、孙女在诉说着家族的历史，先人创业的艰辛……

耿祥夫妇在卧室内窃窃私语。张洁说：“吃饭时你接的是什么电话？看你的脸色不像是拜年电话啊！”

耿祥严肃地说：“我说了今夜你可不准告诉爹！”

妻子撒娇地说：“看你严肃的那样，我不告诉就是啦！”

丈夫把妻子揽在怀里，俯在耳朵上说：“武汉发生‘新型冠状病毒肺炎’疫情很多日子了你也知道，刚才院长来电话要我明天晚上 8 点前必须赶回单位，带队奔赴武汉新型冠状病毒肺炎疫情防控战场。”

妻子仰起头看着耿祥的眼睛说：“那怎么办？不过年啦？好不容易回家和爹过个年，就这样年还没过完就走，怎么向爹交代？”

耿祥无奈地说：“这不我正愁着呢！”……

夫妻俩商议来商议去，最后张洁说：“今夜就不要出声啦，明天早晨由我和爹说，我相信爹也不是糊涂人，能理解的！”

“一夜连双岁，五更分二年”的时刻到了，耿祥与爹放了鞭炮，祭拜了天地、灶神和列祖列宗，又去本家族各家，给长辈拜过年，天也就亮啦。

全家吃着早饭，张洁说话了：“爹！我向您汇报个情况，昨天晚饭您也看着耿祥接了个电话，实际不是拜年电话，而是院长通知他今天晚上 8 点前赶回医院，带队参加武汉新型冠状病毒肺炎疫情防控战！因为是大年夜就没有和您直说，请您原谅。”

耿老汉说：“自古忠孝难两全，还是以国事为重，没国哪有家？老朽虽然年迈，但不糊涂，你们该走就走，不要担心我，我还能照顾自己。”

耿祥抹着眼泪说：“爹！恕不孝孩儿不能陪您一起过年了！”

耿老汉摆摆手：“走吧！走吧！救灾要紧！”

汽车缓缓地启动，迎着庚子年的第一缕曙光，奔向那新型冠状病毒肺炎疫情防控战场。

2020 年岁次庚子大年初五写于敦梦轩

犟牛上坟

庚子年正月十八，天气晴朗，万里无云，午后的春阳照在身上，暖洋洋的，舒服极啦！让人总有想睡一觉的感觉。

老胡和小萌在路口执勤 17 天了！

大年初一晚上 9 点多，村委会主任就在大喇叭上吆喝开了："村民们注意！村民们注意！接上级紧急通知，为预防新型冠状病毒传染，从明天开始，村口道路全部设卡，一律不准走亲访友，外来车辆禁止入村！"

年初二清早，村主任带领几个党员义工就在村头的几个路口拉上了绳子，并把自己的轿车也横着堵在了路口，在轿车的两侧各倚着一块用大红纸写的牌子，朝村外的牌子上写着：外村人员禁止入村！朝村内的牌子上写着：本村人员无重要事情不准出村，如有特殊情况到村委报告，经村委批准方可出村！这不，自那时起老胡和小萌就上岗啦！

老胡坐在马扎上正想打个盹，小萌拽了他一把说："大叔你看，犟牛爷爷要去做什么？"老胡睁开眼睛看见老远处一个 80 多岁的老汉提溜着一个白包袱从村内向这边走来。小萌又好奇地问："怎么都叫这个爷爷是犟牛？"老胡叹了一口气说："说来话长……"

原来犟牛的名字叫姜仁礼，1937年生，属牛。自小受家庭熏陶，看书也多，知道的历史故事也多，就是认死理，别人说错了的事，他非犟过来不可，发小们有时也故意把一件事情说错，引诱他犟得脸红脖子粗的！因而给他取了个外号叫“犟牛”。打那时起人们竟把他的真实名字忘记啦！“犟牛”竟成了他的正经名字。发小们就是当面叫他犟牛他也不烦气。但随着岁数大了，晚辈们可不敢当面叫他，只能见面叫他叔叔或爷爷，背后才敢叫他犟牛。

犟牛还有句常挂在嘴头的话：“朱夫子《治家格言》中说：‘祖宗虽远，祭祀不可不诚；子孙虽愚，经书不可不读。’”他也始终遵循这句话，每逢冬年寒节或老人忌日，他都必须亲自到老人坟前祭奠。这不，今天是他母亲的忌日，他又要去上坟啦！

小萌急忙迎上前说：“爷爷要去做什么？”

“去给你老奶奶上坟。”犟牛说。

“人家村委规定，为防新型冠状病毒肺炎疫情不让出村！”

“我知道村委的规定，作为我们老人要给年轻的做个榜样，更要遵守规定！我也没打算出村。”

“那您怎么给老奶奶上坟？”

“你就看我怎样给你老奶奶上坟吧！”

说着，他就把包袱放在地上，解开包袱，自捧盒内拿出供品摆在地上，又焚化香、纸，奠酒。嘴里还念叨着：“娘，今年因为疫情肆虐咱华夏大地，全国都为防疫情封村封路，我不能到您坟前祭奠了，只好在村头给您遥祭啦！”

念叨完朝着他母亲坟的方向磕了三个头，包起包袱提溜着就回村去了！

小萌对老胡说：“我从没见过这样上坟的！这就是‘遥祭’？”

2020年2月16日于乡野陋室

工地上的故事

一、月照中秋

自改革开放以来，实行家庭联产承包责任制，农村劳动力得到了彻底解放，村民们根据自己的特长经营着自己的项目。那些自己没能力经营自己项目的人只好走出家门，像迁徙的候鸟那样涌向城里，做着自己力所能及的事情，把土地留给了家中老人或妻子耕种，只在收种季节和过年才能回家与老人、老婆、孩子团聚。

漂泊似乎是人生注定的命运，从古到今，多少人远离家乡，为功名、为谋生，流落在远方。然而心底的思念却从没有断绝过。漂泊的人想念家乡、亲人，在家的人何尝不是也在思念着漂泊在外亲人的冷暖。

这不又到中秋节啦！中秋节本来是家人团聚的日子，但为了谋生，这些来威海打工的乡亲们也只好忍痛放弃回家。亲不亲，一乡人，高大祥他们早就约好一起搭帮来打工的同乡，中秋节这天晚上在初弘道夫妇工棚前聚餐，权作亲人团聚。这天上午工地办公室就通知：为了过好中秋节，晚上不加班啦！

初弘道的妻子巧兰是个30多岁的干练妇女，他俩结婚8

年了。起初初弘道自己外出打工，她在家与两个老人种地，顺便照顾孩子。前年孩子也上幼儿园了，田间管理也用不开三个人，她就跟随丈夫一起出来打工了。因工地职工宿舍都是大房间，没有单间，他们夫妇只好住在完成主体的储藏间里，用废模板把门口一挡，就成为真正的二人世界了！巧兰乍来工地干的是钢筋绑扎，钢筋班长见她心灵手巧，就安排她制作钢筋箍，经过一年来的磨炼，巧兰技术纯熟，每天都是在保证质量的前提下超额完成任务。

中秋节这天上午，干材料员的初弘发就利用外出采购材料的便利，把鱼肉、海鲜、青菜等买回来了。巧兰为了早下班做菜，中午也没休息，日头还老高她就完成了一天的任务，回来忙活开了。她先洗好鱼，用液化气炉炖着鱼，正在洗海鲜，初弘发也因为干的工种比较自由，就过来打个下手。巧兰一边洗着海鲜一边问："哥，再有十天八日的就掰棒子了，今年你不回去啦？"

初弘发一边择着菜一边说："你嫂子岁数也大了，两个老人还需要照顾，孩子念大学也不在家，种不了地了，打从去年就把地包出去了。今年我就不回去了，你和弘道回去替我看看你大爷、大娘就行了！"

他俩正说着，高大祥也提溜着两瓶白酒、一捆啤酒进来了。

高大祥这个黑不溜秋的中年大汉子，本来是个瓦匠，十几年前听说威海搞开发，工资比家里高不少，就约着木匠初弘发搭帮来了威海建筑工地。由于他俩有一定的基础，而且好学，在家里盖房盖屋根本用不到图纸，来到工地见到图纸，他俩就利用业余时间互相研究，不明白的地方就向技术员请教；干活又实在、扎实，肯卖力气；为人又诚信，被老板看中，一个被提拔为施工员，另一个成为材料员。而后乡亲们看到他俩外出打工挣了不少钱，也就陆续在他俩的介绍下来到了工地。这不，在工地上乡亲们竟成了一个没有血缘关系的小家庭，有事没事的就凑在一起喝上一壶，聊一聊工地上的事，或者互相说一说家里的情况。今天正值中秋节，更要凑在一起庆贺一下啦！

在夕阳显露着红通通的脸在海平面上跳跃着的时候，各个工种的人员陆续下班了，他们三个也把菜做好啦！

高晓博用两块加气混凝土块，把一块80厘米见方的地面砖在工棚前支起来，权作饭桌，利用支模废料钉的小板凳也摆了一圈，就进屋端菜。

高晓博这个小青年在十一二岁时父亲就因车祸撒手人寰，与母亲相依为命。母亲起早贪黑耕种责任田，挤出时间到劳务市场打工挣钱供高晓博上学。高晓博这孩子也争气，品学兼优。但天不遂人意，今年高晓博正在备战高考时母亲被累病了，他只好放弃高考，在医院伺候母亲。母亲出院后劝他复读，他体谅母亲的艰辛，说什么也不复读了，说："干着活利用业余时间一样复习功课，耽误不了明年高考。"就这样跟随乡亲们来到了工地。

这时月亮像一位羞答答的小姑娘从云层中露出脸儿。又过了一会儿，她才完全走出来，皎洁的月光在深邃的夜空中显得分外明亮。桌上摆满了各种肴馔，中间还有一盘切好的月饼。初弘道和巧兰正忙着找瓷缸和大碗准备作酒杯，这时高焕润提溜着一塑料袋的纸杯走了过来。大伙问道："你怎么才来？"

"我寻思着去接桂花一起来过节，但有一份图纸必须要在今天设计出来，还剩一个尾巴，她来得晚一点，所以我就自己来了。"高焕润回答说。

高焕润和岳桂花是建筑工程学院同学，在大学期间就确定了恋爱关系，大学毕业后一起来威海找工作。高焕润学的是施工专业，就在他叔高大祥所在的建筑公司住下了，而岳桂花学的是工程设计，被招聘在市建筑工程设计院。两个人工作的地点相隔不太远，经常约在一起谈论各自工作上的琐事，或规划着两人的远大宏图。

看着人基本到齐，高大祥宣布开席。他打开白酒，给每个人倒上一杯，巧兰和高晓博不喝白酒，就倒上了啤酒。各人都端起了酒杯，高大祥说："往年中秋节一般与秋收秋种连在一起，都在家里过节，今年因为闰九月，中秋节来得早，只好在工地过节啦！虽然不能与家人团聚，但是好歹我们都是一块土上出来的，亲不亲，一乡人，来干杯！"

初弘发说："这么一大纸杯白酒，怎么干？我看都喝一口吧！"众人都喝了一口，才要夹菜的工夫，巧兰的手机响了，她急忙站起来到一边按下了接听键，电话里马上传来一个童稚的声音："妈！今天中秋节，你怎么还不回家？我想你啦！"

"孩子，我也想你们啦！在家听爷爷奶奶的话，我们十天八日的也就回家了。"巧兰含着眼泪说。

"奶奶还给你和爸爸留着月饼呢！"

"你和你爷爷奶奶说，不要着急，到掰棒子的时候我们就回去啦！”巧兰声音有点哽咽地说。

“妈妈你早点回家。”童言无忌。

巧兰泣不成声，赶紧把电话挂掉……定神了一会儿，擦了擦眼泪，回到了饭桌。

初弘发向着高大祥说：“再有不几天就秋收啦！今年你还不回去？”

“唉！不回去不行了，去年你嫂子觉得我反正在家光知道蹭逛的，也起不到多大作用，工地又忙，不回家秋收秋种，工地上还有200元的补助，就没让我回家。自己在家秋收秋种，吃尽了苦头。春节期间就说好了，今后不管工地多忙、给多少钱，咱们不挣！必须回家收种。没办法，人老了，也得疼疼老婆，不容易啊！”高大祥说。

“就你这样的，还知道疼老婆！知道疼老婆怎么不把地包出去呢？”

“不是你嫂子觉得自己种地还能多见两个钱吗？不舍得有什么办法。”

“光种地能多见俩钱？把地包出去，出来打工就不能多见钱啦？”

“唉！撇家舍业的，你嫂子不愿意出来。再说年纪也大了，出来也不好找合适的活，穷家难舍。”高大祥说，“再说明年孩子就大学毕业了，也不用再花家里的钱了，到时候再把地包出去，让你嫂子直接待在家里享清福就行了！”

“你还真是疼老婆！”老光棍初弘修打趣说。

惹得大伙哈哈大笑……

初弘发回过头来问初弘修:“哥，你也没有地，今年你还回去？”

“回去也没有什么大事，今年雨水大，回去就是看看房子有漏的地方没有，顺便帮弘道收一下秋。”初弘修说。

“那就别回去啦！你也60多岁的人了，回家帮俺忙活，俺也不过意。”巧兰说道。

初弘修是初弘道四服上的堂哥。那可是当年生产队里数一数二的大力士，就是因为家里穷，还得伺候一个有病的老娘而没有说上媳妇。分开队没几年老娘就去世了。他因为穷也没有置办排灌机械和运输工具，浇地和收庄稼都是初弘道帮着他，他也没忘本，自己也没多少地，干完自己的就去帮着初弘道家干。10年前在初弘发的动员下，不要钱把地直接给了初弘道种着，自己跟着初弘发来到建筑工地，先是干混凝土浇制，随着年纪大了，去年在初弘发和高大祥的争取下，当了个仓库保管员，也就是上下班为职工们收发一些小工具，工作甚是轻松。

众人一边喝着酒一边拉着家常，不觉月上三竿了，岳桂花也提溜着一个大西瓜来了:“不好意思，来晚啦，让您们久等了！”

“不晚，不晚，来了就好，科室人员能与我们一起过中秋，是我们这些粗人的荣幸。”众人回道。

巧兰赶紧拿了一个纸杯给岳桂花倒上啤酒，高大祥端起酒杯说:“来，这会儿都到齐了，共同干一个。”

大伙都端起酒杯，把杯中酒一饮而尽。

一杯酒下肚，气氛变得更加活跃，他们的话也就多了起来，你一言我一语地说着最近工地上的情况，场面别提多热闹了。

高晓博悄悄走到一旁，给他母亲打电话，问候中秋节愉快，并询问家里的情况。走回来后高大祥问道：“你娘说家里什么情况？”

“我娘说，今年雨水勤，没用浇地，庄稼长得非常好，棒子到现在都还绿着皮，就是犯炕的地块[①]才见白皮。让我们不要着急，能掰棒子了就打电话通知我们。”高晓博汇报说。

大伙又七言八语地各自说起了各自家里的情况，就这样嚷嚷嚓嚓的不觉两瓶白酒倒出来啦！又各自倒上一杯啤酒，初弘发抬头看了看天，万里无云，皎洁的月亮挂在了中天，明天又是一个好日子！端起杯来说：“时候不早啦！明天都还要上班，咱们干了这杯酒吃点饭，早点休息吧。”

大伙一齐把杯中酒干啦，巧兰递上了馒头。

大伙吃完饭又吃了一会儿西瓜才各自散去……

二、临时互助组

一个星期过去了，离秋分只有五天啦！高大祥的老伴昨天就来电话说：“家里大多数都开始掰棒子了，咱家的也能掰啦。你们打算什么时候回家？”

“计划后天回去，你不用着急。”高大祥回复说。

初弘道的父亲、高晓博的母亲也都来过电话，询问什么时

---

① 犯炕的地块：指水分容易流失的地块。也就是容易干旱的地块。

候回去。工地也做好了大部分民工回家秋收秋种的安排，调整了施工计划。

天朗气清，工地上有条不紊地像往常一样施工。初弘道与沂水工友王学良在四楼西南角支柱子模，初弘道因为王学良是个生手而让他在里首楼面上，自己在外首的脚手架上一起用步步紧固定模板，王学良一锤子下去，不但没有固定住，反而把原来固定好的步步紧震开了，在初弘道怀中的那扇模板迅速坠落下去，把初弘道也带了下去！

工友们听到响声，马上意识到出事啦！

王学良被惊得呆若木鸡，手拿锤子，两眼无神地站在那里，定神了多时才反应过来，大声喊："初弘道被模板拽下去了！"

工友们放下手里的活计，齐呼啦地向出事地点涌去。有一个机灵的小伙子向工地卫生室跑去。卫生员意识到事态严重，马上打了120后，也随着小伙子来到出事地点。

大伙发现地上没人，仰头看到人在一层楼面处的安全网上（因地面以上是车库，故一层楼面在离地三米处），大伙把人抬下来，经检查：人已经晕过去了，衣服也被刮破了，左臂在坠落时撞在脚手架上而骨折。卫生员做了简单包扎，一会儿救护车也来到了，医护人员把伤员抬上车，挂上吊瓶，救护车鸣着警笛、呼啸着向医院驶去。巧兰也随着救护车一起去了。高大祥随后叫上财务人员与几个工友驾车去了医院。

医院里，医务人员在急救室内忙碌着，急救室外走廊上高大祥、巧兰与工友们紧张地静静地等待着。一会儿，急救室的门打开，一名穿着白大褂、戴着口罩的中年医生走出来说："不用紧张，伤员醒过来啦！经检查无大碍，就是左臂骨折，轻微脑震荡，休息几天，慢慢恢复就行了。不过还得留下观察几天，免得出现意外。”接着工友们与医护人员共同把伤员转到了病房。

病房走廊上高大祥安排巧兰留下陪护，其他人员回去。王学良怎么也不干，非要留下来与巧兰共同陪护不可，高大祥考虑到他的心情，只好同意。

到了晚上，不但高大祥和高晓博这两个准备回家的来了，初弘发、初弘修也不约而同地来了，就连高焕润和岳桂花这两个热恋中的小青年也来了。病房里撑不下这么多人，而且还打扰伤员休息，他们寒暄了几句，就只好来到病房外的走廊，高大祥把巧兰也叫了出来，共同商议怎样安排回家秋收秋种。

高大祥首先发言：“我的意见是，我和晓博本来就打算明天回家，就不变了；弘修本来没计划让他回家，但遇上特殊情况，弘道两口子回不了家，只好让他回家主持弘道家的秋收秋种。弘发在工地上多操点心，连医院两头照看着。焕润和桂花下班后多跑几趟医院，帮着巧兰照顾好弘道。你们看怎样？”

“我本来没打算回去，但遇上这个特殊情况，也要回去。”初弘发说。

巧兰也抢着说：“我哥（指弘修）60多岁的人啦，回去为我们家出力怎么行呢？要不我回去吧！”说完马上意识到初弘道还需要人照顾，也就不出声了。

高大祥说：“我还没说完呢！因为我和晓博与你们不是一个村，有些事了解得不是那么及时，所以让弘修回去，回去后我们三人成立一个‘秋收秋种临时互助组’，我自己有机械，晓博没机械，但会操作，就用弘道家的机械，弘修起个联系作用，保证让弘道家的秋收秋种保质保量地完成在别人家前头。但弘修回家不能向你叔婶说实话，只能说工地上忙，弘道两口子走不开，不能回来收秋啦！”

大伙一听，这个办法好！也就没啥意见了。但巧兰总觉得过意不去……

翌日，高大祥、高晓博与初弘修三人坐上长途汽车回了家。

下午 3 点到家后，高大祥和老伴儿打了个招呼，就骑上自行车先到自家地里看了看庄稼成熟情况，顺便到初家村初弘道家向他父亲说明工地施工紧张，初弘道两口子就不回来了，并询问庄稼成熟情况，说明他们成立了互助组，有事互相协作。

初弘道父亲初建业这个老实人也没疑有他，就说:“弘修过来说过了。棒子明天掰后天掰都可以，今年有了掰棒子机械啦！弘道两口子不回来，我想用机械掰，和机手说好了，明天下午给咱掰，因我多年也没操作机械了，你就过来帮着往家拉棒子吧！”

高大祥爽快地答应:“好的，明天吃过午饭我就开着自己的农用三轮车过来，并叫着晓博过来开着您的拖拉机一起往家拉，还不耽误事。”

第二天午后半点钟，高大祥就开着农用三轮车和高晓博来到了初弘道家，给拖拉机加着循环水的工夫，初弘修也过来了。他们三人在初弘道父亲的引领下来到地头，等着玉米收获机。

初建业把高大祥拉到一旁小声说："我寻思了一宿，弘道两口子没回来收秋，不像你说的那样因为工地忙，如果工地忙，你怎么能回来呢？可能有别的事，不管发生什么事，我都扛得住，不要瞒着我，就和我说实话吧！"

高大祥只好说了实话，并嘱咐他说："您也不用着急，没大毛病，不几天就出院啦！出院后叫他们回来，您也不要和婶子说，免得她挂心。"

不一会儿，玉米收获机就来到了地里，高大祥和高晓博两辆车替换着，没用俩钟头就把玉米运回了家，玉米秸也粉碎在地里。

又一天，高晓博和高大祥的棒子也收获回家了。

到了晚上，巧兰打来电话说，明天初弘道就能出院了，出院后马上回家，免得老人挂心。

这天下午，日头还老高的，初弘道和巧兰就到家了，一家人团聚。初建业老两口看到儿子活蹦乱跳的，也把心放下来了。

一星期后，在他们的互相协作下，玉米脱好了粒，小麦也种上了。他们返回工地，继续他们的打工生涯……

2020年岁次庚子清和闰月下浣写于敦梦轩

记事随笔

昌邑市·老恩县（德州市）刘氏宗亲联谊会成立纪实

树高千丈，叶落归根。在德州市武城县武城镇岳觉寺村刘氏族人刘保亭先生来昌邑寻根问祖的基础上，为促进两地宗族文化的传承，弘扬两地刘氏族人的友谊。我们于 2016 年 12 月 26 日，在昌邑市柳疃镇刘家庄村胜利、圆满地召开了“昌邑市·老恩县（德州市）刘氏宗亲联谊会”。

2016 年 12 月 22 日，吃过早饭，我在家喝茶看书，忽然接到村委会办公室电话，说是有一位外地刘氏宗亲来寻根问祖，因余对本家族了解比较详细，让我马上过去接待。

到了村委会，见到院子里停着一辆加装了车棚的电动三轮车，我进屋后见到了这位来访的刘氏宗亲。其自我介绍说：“我是山东省武城县岳觉寺村人，叫刘保亭，1944 年生人，以前由于年轻，对家族之事不甚在意，只知道村后祖茔内有始迁祖刘新墓前的一幢石碑，后被族人推倒埋入地下。近几年有族人提及此，就把石碑挖出重新立于墓前。恢复石碑后，才发现在石碑的背面清晰隽有‘考祖先世莱州府昌邑县城南十里中亭社人’字迹。于是，全村千余刘氏族人都知道了老家在哪里。此后，族人也掀起了续谱的热潮，族人成立了续谱委员会，调查

600余年来从岳觉寺村迁往周边村子的族人支系，并翻阅县志史料，重新整理家族谱系。”

“族谱整理好后，我觉得我虽然年纪大了，但还能动弹，必须在有生之年到祖籍看看，看看老家的山、看看老家的水、看看老家的亲人。于是12月13日我便骑上电动三轮车上路了。一路走，一路充电，路边吃饭时充电，晚上住宿时充电。就这样走了7天，终于在19日中午到达了老家昌邑城。先在城里周边有刘姓的村子转了几天，没有找到同宗亲人，今天来到了贵村。”

说着随手从随身携带的包内请出了《老恩县刘氏族谱》让余拜阅，展卷第一篇序文就明确写着：“吾恩县刘氏，其先世出自莱州府昌邑县城南十里中亭社，明朝洪武二十五年（1392），始迁祖刘新奉制迁恩，占籍县西南18里岳觉寺。”看到这里，我就笑着说：“没了我们的头啦！我们刘氏是明朝中叶自高密西岭迁居昌邑北乡澄源寺的。你们比我们来昌邑还早100多年就迁走了，更不用说是同宗啦！”

刘保亭先生说：“我临来时就有这个思想准备啦，我们族人离开昌邑600多年了，过去的村子早已无从查找，更不要说亲人啦！但只要我踏上昌邑的土地，就是回家啦！每一个昌邑的刘氏家族都是我的亲人，我要骑着电动车转转昌邑大地，看看故乡风貌，走走昌邑的刘氏村落。”

就这样闲聊了一会儿，余留其吃过午饭就他走了。第二天刘保亭先生又来了，说是与昌邑城周边的几个刘氏村落联系好了，能否在刘家庄村召开一个“刘氏宗亲联谊会”，余向村委会做了汇报，村委会热情地做了筹备工作，于是，“昌邑市·老恩县（德州市）刘氏宗亲联谊会”在刘家庄村召开啦！

会议由刘家庄村委会主任刘克锋主持，会上各村代表热烈发言，推举了会长、副会长、秘书长，其他参会人员为会员。制定了联谊会章程。特邀昌邑市移民文化研究会会长李发宁先生作为顾问。

2016年12月26日于寒舍

“会飞的山”真的“飞”起来了

——博陆山采风

早在1979年夏，余拜读了朱尊亮老师的大作《会飞的山》（载于《潍河文艺》1979年第1期），对博陆山有了初识和向往，但未如愿前往。2012年2月，应朋友之邀，到博陆山阳施工放线过，但只仰望晓月亭，未窥其全貌。2017年4月9日，在昌邑作协领导的精心筹划下，余与作协师友们沐光前行，得圆近40年对博陆山相思之梦。

霍光，西汉名臣，河东平阳（今山西临汾）人。在汉武帝身边30年，官封大司马、大将军，并遗辅少主，获封“博陆侯”。于公元前68年春病逝。博陆山因霍光封号而得名。

颇负盛名的山阳千年梨园位于博陆山东、南、北侧的山半坡，占地2000余亩，总计有梨树60000多棵。其中树龄超过1000年的有10多棵，明朝以来的有500多棵，清朝以来的有3000多棵，百年以上的有25000多棵。有茌梨、马蹄黄、谢花甜等10多个品种，皆酥脆甘甜，闻名远近。

近年来，结合潍坊市潍河70公里生态旅游长廊建设规划，依托闻名遐迩的山阳梨花节，博陆山景区大幅地提升了景区规模、设施配套和经营水平。目前已建成了千年梨园精品区、朝花台、平步青云桥、八卦坛、铃铛沟、柳莺荷塘以及以红峡瀑布、红峡湖为核心的红峡湖景区、儿童乐园体验区等20多个景点。

在建的幽谷漂流、馨香园、农家乐、滨海湿地公园等项目也将不日完成。这个集游览、餐饮、住宿、娱乐于一体的乡村旅游风景区，将以自己独特的魅力，吸引更多来自省内外的游客。

如今的博陆山真的“飞”起来了，而且将越飞越高，越飞越远。让我们站在博陆山巅尽情高歌吧：博陆环山香雪飘，霍光指引游人行；沐浴党恩泽百姓，山水与民共飞腾。

2017年4月9日

浓浓同学情　淳朴田园风

——记一次别有生趣的同学聚会

刚吃罢早饭，我就接到住在城里的老同学“和”打来的电话，他说:“今天我与‘荣’约好，要到你农家小院玩！”我只好用穿心壶烧好水等着他们。因为在我家他们不喝用电壶烧的水，说是用柴火烧的水好喝。我又通知“顺”过来作陪。

不一会儿人到齐了，“顺”自己去茶柜拿出一桶“太平猴魁”，“顺”说:“今天天热，不喝红茶，就尝尝这份绿茶吧！”

就这样边喝茶边聊天，聊到当年的四大天王（学习尖子）时，“顺”说:“不提当年勇，还是说说今天中午怎样吃饭吧！”

“和”提议:“今天哪里也不去，就在这小院就地取材，自己动手，才能丰衣足食，想吃啥个人自己做！”

“顺”去芸豆架摘了芸豆，悉心择洗后，又去冰箱拿出猪肉切了十几小块，用柴火炉炖芸豆去了。

“和”说:“我自小懒惰，就拌个黄瓜菜吧！”说完，“和”自己到黄瓜架上摘了两根黄瓜，剥好大蒜，用蒜臼子捣成蒜泥，就拌起了黄瓜菜。

“荣”到鸡圈掏了两个鸡蛋，又割了一把韭菜说:“我用煤气灶做个鸡蛋炒韭菜，让你们尝尝我的厨艺。”

我只好到菜畦摘来西红柿，用电饭锅氽了一个西红柿鸡蛋汤，用白糖凉拌了西红柿。

不一会儿，餐桌上四菜一汤就见面啦。“和”幽默地说了一句：“当年中央干部的用餐标准啊！”

“顺”打开酒柜说：“我要喝国酒茅台，你们喝什么？”

“和”说：“我喜欢喝家乡酒——乾隆杯！”

“荣”说：“我虽然不喝酒，但听说乾隆杯好喝，喝了不上头，我也尝尝！”

“顺”附和着说：“我本来就一直喝乾隆杯，今天是看见有茅台，就想尝尝罢了，茅台酒未必就能比乾隆杯喝着顺口。”

余本来就得意乾隆杯酒，毋庸多说。

老同学们在欢声笑语中吃了个心满意足，喝了个畅快怡情。

夕阳西下，陶醉而归……

2017年6月于乡野陋室

文、武状元墨宝再现

2018年10月31日下午，虽已深秋，但暖阳高照、风和日丽。昌邑市柳疃镇南范村范培诚先生在其内弟刘维令先生的陪同下，向昌邑市博物馆捐赠了其曾祖父范书山老先生收藏的清朝光绪二年（1876）文状元曹鸿勋墨竹团扇扇面一件、书法团扇扇面一件，光绪十二年（1886）武状元宋占魁飞白“虎”字立轴一幅。昌邑市博物馆副馆长王伟波先生、昌邑市博物馆文物历史研究室主任高耀光先生代表博物馆接受了捐赠。

曹鸿勋，潍县西南门新巷子人，清朝光绪二年考中状元，官至陕西巡抚。

宋占魁，原名宋兆法，昌邑县宋庄乡王珂村人，清朝光绪十二年考中武状元，慈禧太后亲赐花翎，封为御前头等侍卫，赐名“占魁”。官至太原总兵。

范书山，字酉仙，号丹峰，廪贡生，昌邑县柳疃镇南范家庄人。据《昌邑范氏族谱》记载：“公，县考取案元，乡试数次荐卷。潍阳曹鸿勋，钦命湖南学政，曾从之。初阅卷，后管理账房，使贡院中弊绝风清，皆其力也，士林仰之。”

范书山与曹鸿勋是结义兄弟，亦与宋占魁相交甚厚，故收藏了其二人的墨宝。

范培诚先生为弘扬历史文化，让珍贵的历史文物发扬光大，忍痛割爱，将其先人留下的墨宝毅然无偿捐献给国家，真乃高风亮节也！

2018年11月1日

昌邑市柳疃镇龙河碑林

2018年冬季，柳疃镇党委、柳疃镇镇政府为实施乡村振兴战略，依托小龙河打造“丝路原点、锦绣龙河”工程，以民生愿力为本、以文化振兴为魂、以生态修复为根、以产业发展为要，展十里龙河画卷、现锦绣原韵之美、振千年古镇雄风，把柳疃镇打造成“江北第一水镇”的同时，注重绸乡文化的历史传承，弘扬柳疃先贤的辉煌，着手收集散失在乡间村陌古碑石刻。集中到“龙河书院”东南角，“墨池”南岸，为筹建柳疃镇龙河碑林做好准备。

近日，在昌邑市博物馆的全力支持下，王伟波馆长、高耀光主任亲莅现场提供技术指导，将征集到的镇域内流散碑刻文物50座进行清洗、分类、修复，创建省内第一个乡镇碑林。目前，修复、竖立工作已经基本圆满完成，共修复、竖立29座碑刻，还有21座损毁严重，待修复中。后续碑廊建设将随即展开。

此碑林沿龙河书院前的墨池西南角，顺人行观光带向东一字排开，长约60米，宽约2米，占地面积约120平方米。

这批碑刻雕刻精美，时代从清朝乾隆四十五年（1780）延续至民国时期，包括圣旨碑、门生碑、节孝碑、墓道碑、墓志、墓记等多种类型，其中昌邑茧绸早期绸商奉直大夫（正五品）孟钦祖(潮海村人）父母圣旨碑、著名在京绸布业商号“天有信”财东奉直大夫（正五品）阎毓瑛（中阎车道村人）圣旨碑、著名在京绸布业商号“协盛隆“财东朝议大夫（从四品）高锡爵与中宪大夫（正四品）高瑞卿父子（高隆盛村人）墓道碑、王希洛［河崖村人，光绪七年（1881）贡生，一生从教，死后弟子 132 人为其立碑］门生碑等均具有重要的史志价值，真实地反映了柳疃镇丝绸原点的繁荣，清末民初柳疃镇文化的振兴。

相关撰文、书丹者则有昌邑籍进士吴立亭（大南孟村人）、举人孟广名（潮海村人）、举人张芸台（张家车道村人，道光癸卯科举人，授寿张、鱼台教谕）、举人宋逵升（南候章人，光绪庚子、辛丑并科举人）、岁贡生吴克思［吴辛村人，道光八年（1828）岁贡，瓦城孙子庙“独角牛歌”石刻撰文者］、恩贡生吴襄宸（吴辛村人）、花翎知府衔齐振忠（齐西村人，昌邑茧绸早期商号“广盛店”财东著名相声演员牛群祖父）、著名书法家李沈（李家抚宁村人，昌邑著名绸商李润芬之子）等知名人物。

此碑林中的撰文，均出自名家之手，文中用词造句可称一绝，堪作学习古文的范本。文章内容更是柳疃镇各种文化的见证、绸乡风情的再现。碑文书丹者也是当时昌邑书法界的佼佼者，楷、隶、魏碑各种体裁都有，欧、柳、颜、赵各家字形咸全，真乃当今练习书法的铭帖。

柳疃镇龙河碑林的建设，不仅重现了一部石刻的柳疃丝绸史、书法史、文化史，也为山东省流散碑刻文物的保护提供了“柳疃路径”。

2019 年 4 月 20 日

青岛知青回“家”探亲

1970年5月18日，青岛市台东区的七名知识青年响应毛主席的号召：“知识青年到农村去，接受贫下中农再教育”，来到昌邑县柳疃公社刘家庄大队安家落户，与乡亲们同甘共苦、并肩战斗、和睦相处，培育了深厚感情，结下了浓重的友谊。自1972年就有知青陆续就业、升学，又陆续从别的大队调来5名知青，直到1975年全部安排就业、返城。至此，先后在刘家庄插队的12名青岛知青全部撤走。从首次插队到今年已经49年了！

2000年5月18日，曾经的下乡知识青年于錫宗、王义勋、贝晓青、牟世荣、杨淑娟5人回村庆祝插队30周年，赠送了纪念品，并与部分人员合了影。

2010年5月18日，于錫宗、王义勋、贝晓青、李秀兰4人又回村庆祝插队40周年，赠送了纪念品，并与部分人员合了影。

曾经的知识青年们本来计划明年插队50周年的时候再回村探亲，但他们每当想起和蔼可亲的乡亲们，就归心似箭，一天等不得一天。自上个月他们就打来电话说：“我们等不及啦！要今年回家探亲。”村“两委”及村民们热烈欢迎，提前就做好了迎接他们的准备。

昨天下午，居住在青岛的知青们就乘车来到了昌邑，与居住在昌邑的知青会合。一霎等不得一霎，他们到昌邑后就立即邀请刘家庄党支部书记、村委会主任到宾馆进行了亲切的交谈，互诉相思之苦。

今天一早，村领导就安排了车辆到昌邑城宾馆，迎接回家的青岛知青们。乡亲们听说知青要回家，都等不及了，老早就聚集在村头的公路旁夹道欢迎。村委大院党员活动室内挂着大红条幅:“欢迎青岛知青五十年回村”，会议桌上摆满了香蕉、苹果、千禧果等食物，暖壶茶杯，樽净几亮。村领导及村民为知青的到来做好了充分的准备。

上午9时许，迎接知青的轿车缓缓驶入村委大院。车门一开，知青于錫宗携夫人沈女士、王义勋、胡建生、贝晓青携夫人张女士、迟文诚、李秀兰（女）、杨淑娟（女）几人的双手便与亲人们的手紧紧地握在了一起，嘘寒问暖，互诉多年的想念之情。还有一位在本公社孙家河滩下乡的知青葛从文（与本村村民刘从浩是一起参军的战友）也受邀来到了刘家庄。

稍作休息，村支书刘克涛就带领知青们在村内游览了一圈，让知青们了解村庄的变化，回顾曾经战斗过的地方，感受“家”的温暖，体会第二故乡的优美。

返回村委大院，村“两委”为知青们的到来举行了欢迎仪式，村支书刘克涛郑重致辞:“在这个喜庆的日子里，我们欢聚一堂，重温沧桑梦，再续故乡情。遥想当年，风华正茂的少男少女们，响应党的号召，怀着满腔热血，从繁华的大城市来到了贫穷的农村僻庄；与乡亲们一起摸爬滚打，共同战天斗地，分享着胜利的喜悦，收获着丰收的希望；锻炼了坚强的意志，丰富了知识的储仓，把人生最美好的年华挥洒在了这片热土上；在同甘共苦的日子里与乡亲们和睦相处，结下了牢不可破的深情厚谊。刘家庄永远是你们的家，刘家庄村民永远是你们的亲人，衷心地希望知青朋友们，常回家看看，看看曾经生活、战斗过的地方，看看纯朴善良的老乡。”

知青代表于錫宗代表全体知青做了热情洋溢的发言：“我们当年是从学校走出来的幼稚天真的少年，来到这块地方。这里是我们人生走上社会的始点。我们在这里虽然经历了不少的磨难，但也学会了很多以前不懂的东西，学会了感恩，懂得了节俭，知道了奋斗，晓得了积德。艰难日子、沧桑岁月，是乡亲们的无私奉献，教会了我们怎样过日子，为我们以后走上社会奠定了坚实的基础。在此，我代表全体知青向乡亲们表示深深的感谢，并致以崇高的敬意！光阴似箭，岁月如梭，一眨眼 50 年过去了。想当年我们这些无知少年，如今成了苍颜银发的爷爷、奶奶，姥爷、姥姥，用不了多少年恐怕我们就是想来看看这第二故乡也来不了了。趁我们现在还能自己回家的时候，尽可能多地回家看看。看看这里的山，看看这里的水，看看这里的亲人。”

仪式结束后，自由畅谈。本村农民作家刘维令向青岛知青们分别赠送了自己的乡土文化作品《刘家庄人文》，村委会主任刘克锋也代表村“两委”和全体村民向知青们分别赠送了《刘家庄村志》，让青岛知青更全面地了解自己曾经生活过的地方——刘家庄。

知青们和村“两委”新老班子成员、当年的生产队队长们、当年的团支部成员，三个一组，五个一伙，做了亲切的、热情洋溢的畅谈。知青王义勋专门找到当年的生产队队长刘从芬说：“您还记得当年您教我割麦子，扬场吗？……”茶话会被推向了高潮。

最后，刘维令即席作了《致来“家”探“亲”的弟弟妹妹们》的四言诗句：

上山下乡　知识青年　响应号召　来我田园
同甘共苦　历尽磨难　不畏咸辣　敢尝辛酸
岁月如梭　四十九年　回家探亲　友情再现
互诉衷肠　笑谈之间　平凡心态　潇洒安然
俱已白发　银鬓素面　壮志不老　余热参天
绚丽夕阳　优雅乐观　身健心怡　清享晚年

2019年5月18日

悼英雄先烈

1946 年 10 月 19 日 21 时，中国人民解放军胶东部队第六师和西海独立团为保卫昌邑县城攻打敌人，后因敌人增援，到 20 日晨撤出战斗。很多伤员集中在阎家庵、徐家庄一带村庄做临时包扎后转移到姜泊后方医院，那些牺牲的先烈就被埋在了徐家庄村后，而形成烈士墓群。当时有 48 个坟头。中华人民共和国成立后有的烈士亲属陆续将遗骨迁回原籍。现烈士墓群南北长 79 米，东西宽 10 米，两排并列 35 个坟头。墓群内遍植松柏，墓群北首矗立着柳疃镇政府在 1989 年为烈士们树立的纪念碑。

2019 年 10 月 20 日，适逢烈士们牺牲 73 周年之际，由柳疃镇离退休老干部、退伍老兵、龙河诗书社自发组织，姜丽芳女士牵头，制作横幅，置办祭品，用传统的纪念方式，向为中华人民共和国成立献出生命的先烈们进行祭奠、缅怀！全体参加人员向烈士们三鞠躬，昌邑市文山诗书社社员刘维令受其委托，敬撰祭文，现场宣读，以作悼念。

附祭文：

文山苍苍　潍水茫茫　革命先烈　为党荣光

英勇捐躯　史载赞扬　名垂千古　百代流芳

七秩晋三　世人不忘　晚辈缅怀　仪典举殇

楷模永纪　绵远流长　发扬广大　国富民昌

尚飨

刘维令沐手拜撰

时　己亥年菊月二十二日

赠伞女士你在哪里？

2021 年 7 月 12 日下午 5 点多，天空忽然乌云密布，雷声隆隆。在柳疃街卖菜的昌邑市柳疃镇阎家庵路秀花老太，赶紧收拾摊子，骑上脚踏三轮车冒雨沿着文化街向东往家赶，走到文化街与北海路交叉路口时，亮起了红灯，只好停了下来。这时从后面来了一辆客货两用车（俗称拖鞋），擦着路秀花左边也停了下来，从副驾驶座上下来一个 50 岁左右的女士，撑开一把雨伞，递给了路秀花。路秀花说："咱俩也不认识，以后怎么还给您雨伞？"此女士说："一把伞也不值几个钱，就不用还了！"说话之间，绿灯亮起，客货两用车开走，路秀花也撑着雨伞、蹬着脚踏三轮车回家了。

回到家后，路秀花将此事向老伴姜迎一说了。夫妇俩感慨道："这样的好人好事不多啦！必须找到赠伞人，当面致谢，并想向全社会宣传此事，弘扬中华美德，传播正能量。"但赠伞人没留下姓名，路秀花也没注意车牌号，怎么找？苦于无法寻找，姜迎一先生想到了痴叟与昌邑电台的人熟悉，就于第二天打电话求助于我。我与昌邑电台台长宋建文联系，宋台长要我把路秀花的年龄落实，并拍一张她的照片，也好宣传报道。

痴叟于 7 月 14 日去姜迎一、路秀花夫妇家采访了二人，并拍摄了照片，发给了宋台长。昌邑广播电视台于 7 月 15 日在《爱昌邑》栏目中报道了此事，弘扬了赠伞女士这种助人为乐的精神。

2021 年 7 月 17 日于敦梦轩

红色记忆

【抗战老兵讲故事】昌邑诚愿寺伏击战

又到九三抗战胜利纪念日，我想起了父亲给我讲的一个抗战故事：

那时刚入伍，1941 年的农历二月初一，昌邑县独立营接到情报：明天（农历二月初二）有三个鬼子和一小队伪军要自昌邑城去柳疃据点。独立营领导研究决定：对其进行伏击。因当时新兵缺乏枪支和战斗经验，完成任务后不能恋战，必须迅速撤离阵地。

就这样，在农历二月初二前夜，在昌邑县独立营排长徐明治的带领下，战士们来到昌柳公路刘家庄东首诚愿寺南边的狭窄地段，埋设好地雷。徐明治带领一个班去邓家庄埋伏，班长刘普之带领一个班在诚愿寺内埋伏。

上午 9 点左右，果然有一队伪军背着三八大盖，吊儿郎当、叽叽喳喳地自南面而来。刘普之把人员分成两拨：一拨沿公路东，一拨顺公路西向雷区迂回。伪军们进入雷区，警惕性还挺高，没有踩到地雷，刘普之一看不行，命令战士们用手榴弹引爆地雷。于是七八颗手榴弹投向了雷区。顿时烟尘滚滚，爆炸声隆隆作响。徐明治等人也从邓家庄赶过来向雷区扔了一排手榴弹。伪军和鬼子吓得蒙了，趴在地上一动也不敢动。刘普之跑上去夺了一个受伤伪军的三八大盖。直到战士们撤离了阵地，鬼子才爬起来，胡乱放了几枪。

这次伏击战虽然只炸伤三个伪军，但震慑了敌人的嚣张气焰，增强了新兵的战斗力！

2017 年 9 月 3 日根据先父生前口述整理

【抗战老兵讲故事】两年剃一个头

春节来临前都要理发，象征着除旧迎新。今天我去理发，猛然想起先父在世时讲的一个真实故事，分享给大家。

那是壬午年的腊月三十（1943 年 2 月 4 日），吃过晚饭，昌邑独立营（实则早在 1942 年七月就改称县大队了，但战士们还是习惯叫独立营）的战友们欢天喜地庆贺新年。聚在一起侃大山，老兵耿良在给耿山剃头。耿良这个 30 多岁的汉子，虽然不识字，但剃头技术不错，全排战士基本都找他剃头。

头刚剃到一半，中队通讯员来通知马上集合！耿良、耿山只好放弃剃头，赶紧去集合。二中队的全体官兵集合在大场院内，由独立营政委宫愚公布置任务："全体指战员除炊事班留下包饺子，其余全部到青乡摸据点。"就这样战士们悄无声息地来到青阜，与情报站站长于泽泉接上了头。又具体布置了任务：二排去青乡村南鬼子据点周围埋伏，严密监视鬼子的行动，不准鬼子离开据点半步；三排去青乡村内埋伏，监视伪警备中队，担任掩护和阻击任务；一排在宫愚公的带领下来到青乡村西北角伪镇公所，那里住的是伪盐警队。

原来这三股敌人，貌合神离，互相倾轧。表面上共守防地，暗地里各怀鬼胎。根据这种形势，独立营制订了一套打入敌阵、分化瓦解、各个击破的歼敌计划，由青乡情报站配合实施。

青乡情报站在伪盐警队附近早就开了一个小酒馆。这个小酒馆一直是盐警们出出进进、借酒浇愁的地方。情报员孙明德（公开身份是酒馆经理）根据上级指示，主动跟一些穷苦出身的盐警交朋友。其中一个伙夫老马、一个挑水打杂的老曹，经过孙明德多次谈心，晓以民族大义，在抗日政策的感召下，弃暗投明。孙明德按照组织意图，安排他俩继续留在伪盐警队，作为内线，掌握敌人动态，随时提供情报。

恰在这时，作恶多端的盐警队队长程百川大施淫威，抓去灶户盐民十余人，敲诈勒索，刑讯逼供。为了打击敌人的嚣张气焰，营救被捕群众，独立营决定借年五更敌人防备松懈这个有利时机，里应外合，袭击盐警队，实施这次军事行动。情报员孙明德接到指示后，把老马和老曹约到酒馆，研究了具体行动方案，商定了联络暗号。

"一夜连双岁，五更分二年"的时刻，村里响起了鞭炮声，这时伪盐警队大门前出现了好像接财神的三个红火堆，情报站站长于泽泉立即回了暗号，带领战士们来到大门前。老马搬开门前的"木马"，大家鱼贯进入大院，包围了敌人住房，这时盐警们还在睡觉。于泽泉和排长徐明治带着几个战士悄悄摸进屋里，摘下全部挂在墙上的枪支、手榴弹，然后一声大喊："不许动！谁动打死谁！"迷迷糊糊的盐警们稀里糊涂地当了俘虏。睡在里间的盐警队队长程百川听到动静，还以为是盐警们开玩笑，连喊带骂地训斥起来，徐明治和几个战士闯进去，掀开被窝把他摔在地上，将他捆了起来，嘴里还塞上了他自己的臭袜子。前后不到半小时，没费一枪一弹，战斗全部结束。盐警队 30 多人全部当了俘虏，武器装备被全部缴获，被捕的群众也被全部解救出来。

癸未年大年初一（1943 年 2 月 5 日）拂晓，乡亲们互相拜年的时刻，独立营的战士们凯旋，回归驻地。耿良利用炊事班下饺子的工夫，给耿山剃完了昨天晚上没剃完的头。战友们吃着饺子，胡车对耿良打趣地说："你再也不要谝炫自己的剃头技术了！马年开始剃头，直到羊年才剃完一个头！两年剃一个头，也不嫌丢人！"惹得战友们哈哈大笑。

2018 年 2 月 12 日根据先父生前口述整理

【老党员讲故事】徐迈与柳疃《抗战简报》

徐迈去延安前原名叫徐绍鸿，是太平集小学教员，比我大1岁，属狗的，宣统二年（1910）生人。

民国二十六年（1937）夏季，柳疃周围出现了一种八开、单面、油印的小报纸——《抗战简报》。我因当时是本村的小学教员，爱看报纸，尤其是当时的国内形势、政府军队和人民群众的抗战态势，只要是爱国人士都是喜闻乐见的。但大多数乡亲们不识字，收到《抗战简报》后就送到学屋，让我念给他们听。像民国二十五年农历十月二十九（1936年12月12日）的“西安兵谏”，民国二十六年农历五月二十九（1937年7月7日）的“卢沟桥事变”、农历七月初八（1937年8月13日）的“淞沪会战”，我就是自《抗战简报》上知道的！

当时徐绍鸿是太平集小学教员，因为我们是同一职业，所以交往频繁。说起《抗战简报》上的事情，他比我知道得还多。他答应我：“只要你爱看，我给你淘换。”就这样，每天傍晚放学后，徐绍鸿准时给我送来报纸，使我知道了很多抗战事迹和革命道理。我念给或讲给乡亲们听，使乡亲们也懂得了好多抗日救国的道理。

后来有一天傍晚，徐绍鸿又来我学屋了，并带来了最后一张《抗战简报》——第96期，在“庄户孙话”栏目中醒目地写着一行大字：“再见了，乡亲们！让我们在不同的地方为抗击日寇，保卫祖国而战吧！”

这次送下报纸后，他没有急着走，而是和我做了推心置腹的交谈，他说：“因为《抗战简报》挞伐了日寇侵略我国的罪行，抨击了蒋介石的消极抗战，揭露了贪官污吏，为人民疾苦鸣不平，而成为县长刘毓章、区长陈恒章等国民党右派的眼中钉、肉中刺，扬言要逮捕我们办《抗战简报》的几个人，所以停刊了。我们要去陕北公学了，就告诉你实情吧！”

原来徐绍鸿就是《抗战简报》的编辑之一。《抗战简报》一开始是在陈家庄小学编印，由陈庆泉负责，那时徐绍鸿还是个评报员。直到出了20多期后转到柳街“惠昌大药房”，由齐文甫（也就是牛群的父亲牛达，当时笔名庄户孙）负责，徐绍鸿才做了编辑之一。主笔是齐文甫，他和隋寿三是副编辑，兼做刻板、印刷工作。

［根据1970年夏老共产党员刘维祥（1911—1995）在村头树荫下讲述的回忆整理］

2017年10月23日于寒舍

注：徐迈，原名徐绍鸿，1910年3月出生，昌邑柳疃太平集村人。1937年12月奔赴延安，1982年12月离休。1999年9月去世，享年89岁。徐迈离开昌邑到延安后，曾任中组部档案科科长。中华人民共和国成立后，历任中组部副处长、办公厅副主任、机关党委书记等职。在中组部担任顾问至离休。

【西南剿匪老兵讲故事】活人烈士墓

2018 年 4 月 15 日，余采访了解放战争参军的革命老人——刘维政老先生。他给我讲述了一个在大西南剿匪时的真实故事。

1950 年 2 月，解放军驻川部队鉴于四川的匪患尤为严重，报西南军区批示，推迟进军西藏的准备工作，集中兵力，全面进剿四川各地的股匪。剿匪部队采用合围与驻剿、奔袭与穷追搜剿相结合的战术。我当时所在的部队是二野五兵团十八军五十四师一六零团特务连，负责进剿邛崃山区的股匪。

在一次奔袭穷追土匪战斗中，我们中了土匪的埋伏。战斗打得非常激烈，大部分战友牺牲，剩下小部分战友只好撤退。我在这次战斗中负伤严重，当时已经昏迷，是兄弟部队在搜索战场时发现我还有一口气，就把我送到了雅安军分区医院进行抢救，总算保住了一条命。在医院治疗将近两年，直到 1952 年春才基本康复，转到四川军区基干团特务连担任副排长。但没过多少日子，旧伤复发，住进了四川军区医院。

在住院期间，有一天四川军区后勤部供应处处长郝维德（昌邑县围子四甲人，原先和我一个部队，又是老乡，互相认识）来医院慰问伤病员，见到我后慌慌张张掉头就跑出了病房，同行的同志和医护人员拦住他问是怎么回事。他反问：“那位伤病员是不是刘维政？”医护人员答复：“是。”郝维德解释说：“我是不是活见鬼了？我在雅安烈士陵园见过刘维政的烈士墓及墓碑。他不是牺牲了吗？怎么还在这里？”经过详细的询问交谈，我才弄明白：在那次战斗结束后，活着的战友都认为我牺牲了，就上报了师部，我被追认为“烈士”。

待我康复得差不多的时候，郝维德陪同我到雅安烈士陵园看了我的“烈士墓”，并申报军区，解除了我的“烈士”称号，把烈士墓平掉，还我本来面貌。

根据革命老人刘维政口述整理

2018 年 4 月 16 日于敦梦轩

怀旧岁月

一个抗战老兵的琐事

父亲是世界上最严肃的那个人，也是最孤独的那个人！沉重的父爱，你感受到了吗？

今天是父亲节，我回想起了先父生前的点滴琐事。

在我十几岁时，父亲在农田里锄地，突发脑溢血，抛却病妻，舍弃幼子，撒手人寰，驾归蓬岛去了！少年的我只好辍学，撑起这个残破的家，我深深“痛恨”父亲，但父亲的“憨容”和父亲的“严命”却始终萦绕在我的心头……

父亲是个朴实善良的农民，宣统元年（1909）生人，年幼时家贫，未能迈进过学堂，斗大的字不识一个。后来父亲在昌北独立营认识了自己的名字，也能歪歪扭扭地写出自己的名字。父亲十几岁就跟随祖父上坡耕种，农闲时做木瓦工活。父亲虽不识字，但认死理，懂得大道理。在抗日战争爆发后，他目睹了日本鬼子对中华民族的残酷暴行，义愤填膺。1941 年 2 月（农历正月）在爷爷的支持下，他撇下老婆孩子，毅然参加了昌北独立营，进行抗日救亡运动，一直到抗战胜利在即的 1945 年 8 月，随昌北独立营升级去了渤海军区第五军分区。因抗日战争已经胜利结束，部队精简人员，动员年老体弱者回乡闹革命，父亲 1945 年 9 月复员回乡，在抗战前线历时近五年。

1960年的一个星期天，我跟随大人们到十几里外的中阎村东潍河岸边的柳树林内撸柳叶子。我当时是一个十一二岁的孩子，起早跑了十几里路，就累得够呛，又忙乎撸了半面袋柳叶，早就累垮了，就想到父亲所在的木工组（驻地在中阎村）蹭饭吃，顺便让父亲送我一程。饭是蹭到了，吃了两个菜团。但父亲不能送我，说是要上班，可以把面袋留下，让我空手跟随大人们回家。我只好悻悻而归。半夜时父亲也回家了，而且把半面袋柳叶也变成了一整袋。父亲什么也没说，只是静静地看了看熟睡的我，第二天凌晨又回木工组去了。

记得1960年夏天，路上来了一个卖稍瓜的，我因孩子性，不懂事，偷拿了一个稍瓜回家，被父亲发现，就问："哪里来的？"我支支吾吾地说不出来，父亲就明白了一切，拖着我去卖稍瓜车子旁，向卖瓜人赔礼道歉。卖瓜人还说："孩子吃个瓜没什么，常言说，瓜田梨枣，谁见谁咬嘛！"但父亲坚持付了钱才作罢，回家后教导我："做人要诚实，不能做偷鸡摸狗、损害别人的事情！"

我从此把父亲的教导牢记心间！

2017年6月15日于陋室

注：此文应"昌邑市电台父亲节征文"而写。

无言的教诲

今日是二月初三，后天初五，春分。又到了该尽孝的季节了，孝悌这个已经70岁的老叟，虽然十几岁就无父无母了，但还是要在每年的正月初买开凌梭（鱼），清明节前买银鱼子，替死去的老伴儿为年届米寿的岳父母尽孝。今天柳疃集，他又买了银鱼子给他岳父母送去啦！这已形成了习惯。这个习惯还要从50年前他爷爷无言的教诲说起。

春和日丽的农历二月中浣，上午9点多，孝悌的爷爷拄着拐杖、提溜着马扎来到街上，将马扎放在路旁的电线杆下，坐着马扎，抱着拐杖，背靠在电线杆上，眯着眼正在晒太阳。王婶走到他的跟前说："大爷您好，在晒日头？"孝悌的爷爷睁开眼道："他婶子赶集来？"王婶道："今天柳疃集，我去买了斤银鱼子行孝（当地习惯是清明节前买银鱼子孝敬老人）。您吃了银鱼子没有？"孝悌的爷爷道："我上一集就吃啦！孝悌买了半斤，捏了七束，我吃了四束，给他舅送了三束去，他兄妹俩只吃了点汤。"

这时孝悌正在乡亲们的家里盖房子，虽然孝悌是才20岁的孩子，但在爷爷的精心教导下，木、瓦工技术小有所成，不能说太精通吧，但老少爷们打墙盖屋都离不开他。

盖屋工地本来就是传播新闻最快的地方，还不到晌午，乡亲们基本都知道了孝悌孝顺，上一集就给他爷爷买了银鱼子。这话听在孝悌的耳朵里好像一个霹雳。心想：“我本来没有给爷爷买银鱼子，这是怎回事？这话又不能在乡亲们眼前解释，但也不能枉担虚名，让老人没吃说吃了，良心何在？”想来想去，心里有了主意。

到了晚上，他来到邻居圆通爷爷家，向圆通爷爷坦白地交代了自己并没有给爷爷买银鱼子，不能枉担虚名，并掏出5元钱，交给圆通爷爷说：“我在给乡亲们盖房子，抽不出时间赶集，就拜托您在最近几天给爷爷买两斤银鱼子吧，以补偿枉担的虚名。”

在又一个柳疃集的傍晌午，圆通爷爷提溜着半斤银鱼子来到孝悌家，对孝悌的爷爷说：“这是孝悌托我给您买的银鱼子，本来他让我给您买两斤，但我考虑到一个没爹没娘的孩子挣钱也不容易，所以没舍得，就给您买了半斤，少吃多甜嘛！但我还有一事不明白，怎么您明明没吃却说吃了？”孝悌的爷爷笑着回答：“孝悌这孩子，没爹没娘，我应该担起教育他孝敬老人的义务，但也不能直接说，那不成了我向他索要吃的了吗？所以我就只好从侧面间接给他启发，让他懂得孝敬老人的传统美德。”

2018年3月19日

当年高考的那些日子

前几天几位古稀之年的老同学相聚，谈起了英年早逝的老同学高恩泽，有的慨叹："那真是个才子啊！初中毕业就能考上大学！"不禁让我想起了当年高考的那些日子。

要回忆高考，先得交代一下 1964 年初中毕业时的情况。

我在 1964 年春节后回学校就打了招呼，因父亲去世、母亲有病，不能参加中考了！伦家治老师把我叫到办公室，询问了具体情况后说："你回去和你母亲商量，只要家庭能抽出你这个人来就可，学习经费算我的。"在伦家治老师的好心劝说下，我星期天回家和母亲商量，母亲总觉得父亲不在，天塌下了！非让我回家支撑家庭不可。无奈，我向老师汇报了情况。伦家治老师长叹一声："可惜了，没办法，我只好在这一学期，利用课余时间送你一套会计账路，包括珠算。"

就这样我在伦家治老师的辅导下，一个春天中掌握了从农业账路到企事业账路甚至银行账路，算盘能双手齐拨，加减乘除运算如流，就连开平方都能用算盘计算。经过考核，伦家治老师终于有了笑脸说："这样我就放心了，就是下农业，也有黏粥本啦！"

我接着说："这样还不行！"

伦家治老师惊道：“你还要怎么着？”

我回答：“虽然不能在学校学习了，我回家后还要自学，请老师不吝辛苦辅导。”

伦家治老师爽快地说：“好！只要你肯学，我就肯教！”

毕业后我借来书本，在劳动之余，自学高中数学，有疑难问题，就写在纸上，让在校学生捎给伦家治老师，伦家治老师书面解答后再让学生捎给我。就这样通过让在校学生传书递柬，在伦家治老师不辞劳苦的辅导下，我全部自学完高中数学，高中物理也自学了电学部分。

1978 年麦季，高恩泽冒着正午的夏季酷暑来约我：“去年就恢复高考啦！只要是 1966 年以后的高中毕业生或相当于此范围的，都可以报名参加高考。听说你也自学了高中课程，去年错过了机会，今年你不去试试？”

我说：“去试试自己有多少本事可以，你说上学，那是没门，多少高中毕业生在拼搏竞争，哪轮得上我们初中毕业生？”

他说：“总要去试试才能知道，这几天已经开始报名了，我已经报上了，你快去报吧！恐怕没几天报名时间啦！”

就这样，第二天我去了报名处。

报名处设在柳疃联中的一个教室内，西边是理科，东边是文科。我自西门进去，接待人员问我：“报什么科？”

我回答：“什么科都行！”

“常言说：‘学会数理化，走遍天下都不怕。’那就在这报名吧！”

“因我知道得晚，还没照相，先报上名，随后再送来照片可以吗？”

“可以，但必须在五天内送来，否则就上交报名资料了。”

报上名后，我赶紧到生活服务部照了加急照片，三天后将两张一寸免冠照片交到了报名处。

在正式考试前，柳疃教委还在昌邑六中做了一次模拟高考，让考生熟悉考试规则和流程。

记得高考是在 7 月下旬的某三天（忘记具体日期了），在昌邑一中举行。第一天上午考数学、下午考语文，第二天上午考政治、下午考化学，第三天上午考物理。

第一天早晨，我上坡锄地刚回来吃早饭，从读叔就来喊我：“走吧，再不走就晚点啦！”我只好匆匆吃了几口饭，就和他骑上自行车奔向了考场——昌邑一中。

我是第一次到昌邑一中，整齐划一的宽敞明亮的教室，是 20 世纪 50 年代建的，窗台下的蘑菇石凸显得一致，看得出建筑工人下了功夫，显示出对教书育人的重视。

教室门口张贴着第几考场和考生号码范围，室内每人一桌，桌角贴有考号，考生必须把准考证压在桌角上，以备监考员检查。讲桌上摆放着墨水瓶，以备考生急用。

第一天和第二天上午的考试顺利通过，到中午我因对高中化学一窍不通，就连初中化学都忘得一干二净，准备弃权，不进考场了。从读叔和从爱叔都不允许，我只好说：“我进考场也不能交白卷，那你们得借给我书本看看。”就这样我利用午休时间熟悉了一下化学元素周期表和原子价，下午才又参加了化学考试。

高考后的8月30日，我接到通知到教改委（当时叫教育改革委员会），教改委主任郭祺瑞老师亲切地交给我一张成绩单，和蔼地说："招生办公室规定，总分超过200分的发放成绩单，看看你的成绩吧！"

我认真地看了一下分数：语文73分、数学68分、政治60分、物理21分、化学16分，总分238分。我看完分数后，郭老师又说："你报错科了，咱柳疃公社135名社会考生，语文过70分的就恁三个，人家两个都上大学去了，你呢？你不挖辜[①]？"

我回答："不挖辜！"

郭老师马上沉下脸来，瞪着眼一拍桌子："怎不挖辜？我们都替你挖辜！你语文、数学、政治三门就超过了200分，根据你的语文水平，报文科，地理和历史都应该在50分以上，文科的分数线是290分，你手拿把攥地就能去上大学。"

我说："郭老师，您消消气听我解释，您就知道了。我本来是个初中毕业生，虽自学了高中数学和高中物理的电学部分，但还有高中其他学科没学，就去考大学，不是异想天开？我报考的目的是：伦家治老师费心劳力辅导我一场，总要试试自己有多少真才实学吧？就算真考上，我也不能去。因为我虽然十几岁就无父无母，成了孤儿，但现在还有个90多岁的爷爷需要我赡养，我总不能为了自己的前途而抛弃老人吧？您说呢？"

郭老师长出了一口气："可惜了！"

---

① 挖辜：昌邑方言，意为抱屈、后悔的意思。

过了没有几天，天傍晌[①]，高恩泽找到地里，让我给他解答高考中的一道数学题（因我上学时是昌邑六中的数学课代表）。正好散工时候，我们一起回家，我坐下把题给他做出来，让他自己领会，我就去做饭啦。吃完饭后我寻思他就能回去了，但他又提出："你给我做的这道题，基本看懂了，但因式分解你一步跳过，我理解不了，请你逐步给我分解一下。"

我只好详细地把因式分解列出，他才高兴地回去了。从这一点就可看出高恩泽的求学精神。

一个月后，听说他被山东师范学院录取了，圆了他的大学梦。我虽然没考上大学，但我不后悔。我自豪的是经历过高考！

2017 年 5 月 27 日于乡野寒舍

① 傍晌：接近中午的时候。

邻里琐事——以德报怨

一老妪遭儿媳虐待，求助于侄子和侄媳。侄媳把叔妯娌请到自家，对其进行批评：“你不该这样对待长辈！”

弟媳理直气壮地反驳：“我这样做是跟她（婆婆）学的，我虽未见过咱爷爷，但听说过她是怎样对待咱爷爷的。我故意这样做，要为咱爷爷找回来。我做的并不比她做的过分！”

嫂子苦口婆心地对其解释：“咱不能跟她学，她如果犯法咱也跟她学犯法？再说孩子看到你这样对待他奶奶，他也跟着你学，辈辈不孝，何时是个头？你自己想想吧！”

大伯哥啥话也没说，只递给她一张纸，弟媳接过来看见上面写着四句话：“冤冤相报何时了？以德报怨品德高，子欲孝顺亲不待，到时空把珠泪抛！”

经过哥嫂的一番劝说、教导，弟媳终于醒悟。自此，她孝敬婆婆，待如亲娘，直至婆婆舒心辞世。

2017 年 9 月 14 日于敦梦轩

那年，为了回家辞灶

农历腊月二十三，人们都叫“小年”。为什么叫小年呢？因为过大年是全家大团圆，过小年就是小团圆，在外地的家人，要尽可能地在小年前赶回家，与家人团聚。我们昌邑北乡大部分人把小年叫作“辞灶”。家乡风俗是“辞灶”不能“辞”在外地。那年我们就差点“辞”在了外面！

那是乙亥年（1995）腊月二十二的傍晚，在威海高新技术开发区三星工地上，我们电气安装班的六个工人（说是工人，实则是农民工），经过一个星期的加班加点，打夜战，终于把最后一批灯具安装好。班长向甲方请示：“我们已经把全部灯具都安装就绪啦！现在停工待料，准备明天回家过年。”甲方答复：“不可以，因为年后元宵节要开董事会，会议室和经理办公室的灯具还没安装，这批灯具是总经理亲自定的货，明天就能到货，你们再耐心等一等吧！在春节前安装好，也好让总经理放心。”

班长向工友们说明情况，工友们可就炸开锅了！你一言我一语的：“拼死拼活地打夜班，不就是为了赶在辞灶前回家吗？”“怎么？又不让走啦？不行我们不干了，爱咋地咋地！”班长见这阵势也束手无策了。这时心眼活泛的程谋站起来说：

“大家都不要嚷嚷了，听我提个建议好吗？班长，你赶紧给家里打电话，让家里来车接我们，只要是我们在没来灯具前离开工地，甲方也不能说别的。我们停工待料，何时才能来料？所以我们要回家辞灶。就是我们走后来了灯具，等过完春节，只要是在元宵节前给甲方安装好就行。”班长一听是个办法。马上给家里打了电话，让家里来车接我们回家。

吃过晚饭，工友们都高兴得没心思睡觉啦！就各人坐在铺上胡侃起来。有的说：“我回家后就先和媳妇去买衣服、首饰，把她打扮得漂漂亮亮过年，让伙伴们眼馋眼馋。”有的说：“我回家后第一件事就是带孩子去买鞭炮，让孩子高高兴兴地过个春节。”程谋说：“我回家后第一件事就是去看望岳父母，父母去世得早，我们又在外地打工，是岳父母帮助把孩子拉扯大的，不能忘恩！”就这样说说闹闹直等到凌晨2点才来车。

我们吃过夜饭就上路了。不想到了烟台就来了狂风暴雪，天地迷茫，车灯也失去了光芒，面包车像只蜗牛一样在公路上爬行。就这样勉强到了回里，司机累得头昏脑涨，两眼昏花。这时对面来了一辆汽车，司机一打方向盘，面包车滑到了路边，因为下雪，路面打滑，怎么也开不到路上。工友们只好下车，一起将车推上路面。司机提出为了乘客的安全，停车休息，等到天亮再走。

面包车停在路旁，工友们在车上打盹，但一会儿就被冻得睡不着了！有的穿上随身携带的大衣，继续睡觉。没有大衣的只好下车在雪地里来回跑步驱寒。就这样好不容易挨到天亮，汽车才又重新发动起来往家赶路。尽管到家天已过午，工友们还是喜上眉梢。终归是没有耽误辞灶。

2018 年 2 月 7 日于敦梦轩

生产队那些事儿

夏天村头树荫下闲聊，那些三四十岁的小伙子嚷嚷着要我说说生产队那些事儿（因我当时在生产队四职干部都担任过），使我的思绪又回到了那个年代。

农村人民公社工作条例修正草案（即六十条）第二十条规定:“生产队是人民公社中的基本核算单位，它实行独立核算、自负盈亏，直接组织生产，组织收益的分配。”第三十八条规定:“生产队的队长、会计和其他管理委员，监察委员或监察员，都由生产队社员大会选举，任期一年，可以连选连任。”

一般规模的生产队管委会设五人，由队长、副队长、会计、保管、监察委员组成（前四职称生产队四职干部），规模大的七人。

生产队长职责范围：带领队委会成员研究好一年的种植计划和多种经营计划；组织好全队劳动力的使用分配；组织好田间管理和社员的收益分配；组织社员圆满完成上级交给的各项任务；协调好队与队之间的关系。

副队长的职责范围：配合生产队长干好工作；平时带领大帮社员参加田间劳动，有超过八九个劳力外出任务时（像出伕等）带队外出。

会计的职责范围：管理好生产队各种财务账目；做好夏季和年终社员预决分方案；收获季节协同保管管理好场院。

保管的职责范围：管好生产队的粮食、物资以及现金，收获季节与会计共同管好场院。

这四职干部享受固定工分补贴，总补贴数额不得超过总劳动工分的1%，具体每人多少根据具体情况队委会研究决定。

监察委员：1—3人。职责范围是协助和监督队委会工作。在1964年至1979年期间由贫协代表兼任。

好了！生产队干部的职责都交代清楚了，那就让我们分几个场面（以20世纪60年代为背景）看一看当时生产队的那些事儿吧！

田间、地头

“嘀！嘀！”刚吃罢早饭（懒人还没吃完呢），队长就吹着哨子（有的生产队是敲钟，也就是挂在树上的破犁铧）来到固定的集合点，安排好农活（其实有很多农活已经在昨天晚上就安排好了），社员们各自回家拿着小型农具（如锄、镰、锨、镬，大型农具如犁、耧、车、耙，生产队都有，须到生产队仓库取用），到指定的地块进行田间劳动。副队长始终与干大帮活的一起参加劳动，随时处理意想不到的事情。生产队队长有时与干大帮活的干一阵子，然后就到干小帮活的地块看看，有时先到干小帮活的地块，共同研究怎样操作（如下种，需要定多大的下种量），直到正常工作了又到其他地块看一看哪些农活该干了、哪块地的庄稼熟了应该收割了等，也好为下午或明天的农活做好安排。

田间休息时（大约半小时，因那时农民也没有手表，就是约摸着），有哺育孩子的妇女急忙慌促地回家给孩子喂奶，又赶紧往回赶。不需要回家的妇女就趁休息的间隙，从兜里摸出鞋底纳上几针，也好让丈夫或孩子在农忙时有鞋穿。手里纳着鞋底，嘴也没闲着，互相说着谁家的小子考上大学啦，谁家的闺女长得真漂亮，还没找婆家。有个大婶就说："要不你就给俺侄子提一提吧，看他俩有没有缘分。"至于那些男爷们，或在田间地头就地画一个棋盘，注上了"五福"，其他人围观、评判，或围成一撮闲聊着国情家事或哪个大姑娘丑俊，哪个大闺女该找婆家了，撺掇小青年去猛追。休息结束，继续劳动。

夏收夏种期间就要起早了！前一天晚上各人就磨好了镰刀，天一放亮，队长哨子一吹，各人带着镰刀来到指定的地块，割得快的在前，割得慢的在后，一字排开。这可是力气、技术和耐性的活路：半蹲着，每人守着四眼（趟）麦子，左手握一把麦子，右手握着镰刀将麦子根部割断，割完这四眼，左手就握不过来了，把割下的麦子用左腿和左肋夹着，向前走，直到左胳肢窝夹不过来了，前面的人搭约子①，把割下的麦子放在约子上，后面的人把割下的麦子放在上面，把麦子捆好（两人一组），放在地上预备着装车。地头长的割一趟，地头短的割个来回，然后回家吃早饭，吃完早饭继续割麦子。这时田间休息也顾不得别的了，各人忙着磨镰刀，那些奶孩子的妇女只

① 约子：把两缕麦子以麦穗端连接起来，用以捆麦子的东西。

好委托他人给磨一下镰刀了。到了傍晌午，割得快的就要帮一帮割得慢的了，这样才能体现出互助合作的友好精神。

垦场、压场

6月上旬就要压好场院准备麦收了！

早上天刚蒙蒙亮，哨声一响，社员们就都扛着锄一起到场院垦场了。垦场就是用锄角把地犁起来，在场院里形成多个圆心，三五个人围绕一个圆心用锄角犁地，形成半圆形，圆圈越转越大，最后与其他圆圈合拢。再把圆圈之间的未犁到的地方犁好，整个场院犁好后就可以吃早饭啦！

吃罢早饭，场院里留下八九个人就可以了，其余的该做什么活就做什么活去。这八九个人先用耙或者笆子将垦好的场院整平好，再有的套上牲口用碌碡串场，将场院轧结实，有的用笆子将那些凹地方再次整平。整好了，上午的活计就到此结束了。

午休后，各家的整劳力[①]每人一担水桶，从附近湾塘或水井内取水泼场。这可是力气活，几百米的距离，一下午要挑二三十担水（每担水六七十斤重）。把串好的场院用水均匀地润湿。

第二天早晨全体社员们就要到场院压场了。先用麦穰均匀地将泼好的场院覆盖，这时因场院是湿的，不能用牲口，只

---

①整劳力：指男子18周岁到50周岁，女子18周岁到45周岁，能经常参加劳动的人。

好一人扶着撵杆子[①]，四五个人拥或拉一根撵杆，撵杆的另一头拴着碌碡，将场院压实，直到把麦穰扒开用扫帚扫不起来土为止。吃过早饭，有几个半劳力[②]妇女围着场院边把没压好的地方用水润湿，撒上麦穰，用呱嗒[③]把场院边子压紧实。等到下午日头不毒的时候，再将麦穰收起。最后就等着麦子进场了！

打场、扬场

麦子进场了，就要组织半劳力的妇女梳麦子，把大梳[④]绑在板凳上，两手掐住麦穗端，甩向大梳往后拉，这样就能除掉麦叶子。然后把梳好的麦子以麦穗端撞齐、捆成小把。挑出高的留作苫秆，准备打苫子用，其余的，场院人员用铡刀铡下麦穗，翻晒在场院上，把麦秸用网圈[⑤]抬在场院边上，准备分给社员捆麦秸拍屋[⑥]用。梳下来的麦子连同麦叶一起晾晒在场院另一个位置。到傍黑天就要把麦穗和烂麦秸分别垛起来，用苫子苫好。第二天只要天气好，就再放开晾晒。这样晒上几天就可以

---

① 撵杆子：农民用以脱粒的工具（3—4 米长，中间直径 10 厘米左右的梧桐木杆），与碌碡配合使用。大头用绳子连接碌碡，中间架在牛脖子上或用马拉着，小头由人握住，指挥碌碡碾压稼禾。

② 半劳力：指体力较弱只能从事一般轻体力劳动的人。

③ 呱嗒：农民用以禁锢地面或小批量的庄稼脱粒。一般用槐木或枣木制作，长 40—50 厘米，厚、宽各 10 厘米，一个头有 10 厘米的把，用手握住禁锢地面或击打稼禾。

④ 大梳：方木上固定着铁齿的物件，用以梳掉麦秸上的叶子。

⑤ 网圈：用两根柳树杆子对着圈成圆圈，中间用绳子连接起来，用来抬重量轻的柴草或在大车两端挡护庄稼用。

⑥ 拍屋：用麦秸修缮屋面。

打场了。

找个好天气，把晾晒好的麦穗均匀地放到场院上，用四杈翻晒几遍，傍晌就套上牲口打场：一人扶着撵杆的小头，撵杆中端驾在牛的脖子上或拴在马套的末端，撵杆的另一头用绳子牵着碌碡，用碌碡碾压麦穗，使麦粒与麦糠分离。

一般情况下，午前打一遍，翻过来晒着，就回家吃午饭了，午后再打两遍就拾掇场：用搂场筢将麦穰搂起，用网圈抬到场院边上垛起来，再用扫帚掠起麦糠，堆在适当的地方，准备明天早晨扬麦糠，最后把麦粒堆在风向流畅的位置，稍作休息，就要扬场了。

扬场一般是三人一组：一个甩簸箕的，一个过锨（木锨）的，一个用扫帚掠场的。过锨的把麦粒掷在簸箕内，甩簸箕的就迎着风（一般是左耳迎风，这样不至于被麦糠迷眼）将麦粒甩出去，甩上几簸箕，麦粒成趟了，掠场的就用扫帚把浮在麦粒趟子上的麦糠扫净。这样反复若干次，直到把打下来的麦粒堆扬完后，把麦粒入库，第二天晒粒子，直至晒干。扬场（指甩簸箕的）是个技术活，必须技术熟练的老农才能操作，那些想学徒的只好等到晒好粒子再扬场时才能捞着[①]学，免得把麦粒扬在麦糠内。

清朝乾隆年间，临朐才子马益著编写的《庄农日用杂字》中对打场、扬场的描写："铡开麦个子，勤使腊杈翻；下晌垛了穗，早晨再另摊；明日把场打，麸料牲口餐；套上骡和马，不禁碌碡颠；耙先起了掠，刮板聚堆尖；扫帚扫净粒，伺候好上

① 捞着：得到机会。

锨；迎风甩簸箕，扬得蛾眉弯；若遇风不顺，再加扇车扇。”这就是当时打场、扬场的真实写照。

记工分

生产队根据规模大小设置两个或数个生产作业小组，设组长和记工员各一名。组长负责领导小组的生产劳动，记工员负责记录本组社员的劳动情况及报酬，即工分。

吃过晚饭，劳动一天的社员们陆续来到生产队办公室（没有专用办公室的借用社员的闲房子作为办公室），向记工员报告当天干的什么农活以及工作时间。能按照农活定额的尽量按照农活定额，由会计计算出应得工分，平均分配给参加此农活的社员，让记工员记入劳动报告单和社员劳动手册。没法按照劳动定额的由生产队长口头确定工分，记工员记入劳动报告单和社员劳动手册。这样每 10 天（按上、中、下旬）记工员汇总本组社员的劳动工分，向会计报告，会计记入工分账。

在每晚记工分的同时，保管要将每天发生的财务情况向队长汇报，队长签字后交给会计记入各种账簿。做到财务日清月结，月底由会计制作月份财务汇总表，向社员张榜公布，求得社员的监督。

分草、分菜、分粮

夏收期间，场院人员铡下的麦秸把子，就要在第二天早晨由会计根据夏季预分方案及时地分给社员，免得被雨淋湿，影响麦秸质量。会计负责过秤，其他人员抬着网圈把各户分得的麦秸堆成一堆，会计用小纸条写上户主名字和数量，插在麦秸堆的显眼处，社员们各自找着自己分得的麦秸运回家，晒在各自的院子内，等晒干后，利用空余时间捆好麦秸，留着拍屋用。夏收夏种结束，会计做好夏季决分方案后，还要以“找齐”的形式向生产队交回捆好的、一定数量的麦秸，留着生产队集体的房屋苫拍。

到了秋季，剥下的玉米皮以及谷灯楂、秫秫楂等柴草就要随时按照秋季预分方案分给社员，分的方法和分麦秸一样。至于玉米秸，在20世纪60年代是生产队集体割倒、捆好，用大车或小推车按照各户人口多少运到社员各户门前。到了70年代，就在地里按各户人口，每人几眼（趟）分给社员，这时生产队就要提前收工，各户自行组织劳力进行收割和运输了。社员分得的柴草一般情况下都是湿的，要根据实际情况进行折干后才能入账。

分小量的菜，会计造好分配表，由菜园管理人员分给社员，随到随分。至于分大量的蔬菜，就要会计亲自到菜园子分配了，就像分麦秸那样，把葱或者白菜过好秤，堆成堆，插上带名字和数量的纸条，社员根据纸条各自运回家。

夏季打下麦子，晒干扬净，交足公粮，留足种子后，就可以给社员分口粮了。找个好天气，晒干麦粒子，扬净麦糠和杂质，把麦粒堆成堆，下午生产队安排社员早收工，到场院领取小麦。这时那些不用上坡的孩子和老人早就用手戳排好队等着啦，会计根据手戳排的次序为社员分发口粮。末了留出部分小麦作为“找齐”，等到夏收夏种结束后，造好夏季决分方案进行粮食“找齐”。

处暑前一个星期就又要拾掇场院了。场院刚压好，就进来春玉米了，队长赶紧组织半劳力，剥去玉米皮，把玉米穗堆起来，会计就按照夏季决分方案造表后分给社员，好让社员接口（因为上年分的口粮早就吃光了，麦季分的那点麦子还要留着过年的，不舍得都吃光），并留好折干的玉米穗。

春玉米刚分完，黍子、谷子、高粱、绿豆等也就陆续进场了，这些小量的粮食，就要晒干后再分了。分这些粮食也不用整劳力往家运输，孩子或者老人早早就提溜着水桶或者挎着篼箕到场院用手戳排着号了，会计按照手戳顺序给各户分粮。孩子或老人就能把其运回家。

数分地瓜麻烦点。队长在吃中午饭的时候，就通知会计，上午出了多少地瓜，下午还能出多少。会计就依据队长给的数目按照秋季预分方案做出地瓜分配表（有的熟练会计下午随分随做表），下午大部分社员都在地瓜地里劳动，午后上工时就推着小推车，上面绑着偏篓或花篓（都是条编制品）等盛地瓜的用具，傍晚收工时顺便把自己分得的地瓜运回家。有个别干其他活的也是早收工，到地瓜地里运输自己分得的地瓜。地瓜是五折一作为一斤标准粮计算。

开 支

到了年底（通常以十月底为界），会计就把所有工分汇总起来，包括社员劳动工分、土肥折合工分、烈军属优待工分、干部补贴工分，这些都是实工分，参加一切收益分配，还有一种虚工分，是照顾困难户的，只做粮草分配，不做收益分配，到20世纪70年代末这种工分就被取消了。把社员一年来分得的粮、草、菜汇总起来折合成款。把全年的收入（包括农业收入、副业收入、其他收入等）、支出（包括农业支出、副业支出、管理费、农业税、其他支出等）汇总好，制作年终决分方案。具体是：总收入减去总支出，作为可分配收入，提取公益金（2%—3%）、公积金（3%—5%），上交大队部分（1%—2%），剩余部分按实工分平均得出工分价值。

做好年终决分方案交大队汇总，上报公社呈批。公社批下来就可以年终分配了。

会计把各户工分折款后，减去粮草菜折款和预支现金，就是当年的余（欠）款。让保管准备好现金或到信用社开好存单就可以开支了！社员们喜笑颜开地开得现金，有的买新衣服（或者割布自己做），有的置办年货，欢天喜地地准备过年！

2019年1月26日追忆于敦梦轩

又到拍屋季

小暑过去三四天了，豆子基本锄过两遍了，大部分农户麦秸也捆好了！又到拍屋季节啦！

夕阳西下，社员们都陆续下工了。拍屋匠人把锄头擦净挂在屋檐下的农具杆上，到偏房屋找出拍筢①、槛杖②、拍屋针③和泥板，准备明天给人家拍屋。

翌日，天刚蒙蒙亮，拍屋匠人和小工就来到了拍屋户家，大工（拍屋匠人）开始扎脚手架，用粗点儿、高点儿的木头，上头靠在连檐橛旁，下端用锨在画出的地方顺木头的垂直方向铲一小坑，固定下端，免得向下滑落。在离墙约1米处竖一不低于屋檐的木头，下端也用一小坑固定，在与斜木交叉处用绳子的一端使用杀猪扣固定，绳子的另一端把横杠一头固定在斜木上，离屋檐30—40厘米处（根据大工的习惯，如习惯蹲在架板上站檐，就稍微矮一点，如习惯坐在架板上站檐，就稍微

① 拍筢：用硬木做的，一面有斜齿，一面是带把手的工具，用以逼紧麦秸草和整平屋面用。

② 槛杖："槛"读作"检"。高1.5—2米、宽2厘米、长4厘米的方木，用以压实麦秸草和屋檐、屋梢取直用。

③ 拍屋针：约8毫米粗、半米长的铁棍，一头安横木把，一头做成箭头形，中间有眼。用作绑梢把穿绳经用和拦挡麦秸草用的工具。

高一点)。另用一根绳子的一端把横杠另一头水平固定在立杆上，绳子另一端准备固定架板。这样每间屋两端都有一组脚手架(也就是三间屋四组)，在横杠上铺好并固定好架板，脚手架就搭好了。小工也和好了麦糠泥。

接着大工就上屋面退草[①]，小工在下面清理退下来的草。这里要额外注意，大工在揭脊瓦时不能直接用手揭，必须先用泥板把脊瓦一端挑起来后，再用手拿脊瓦，免得被蝎子蛰手。

退好草后就下来绑梢把，就是把秫秸用绳经每隔二三十厘米一个固定点，绑成约 10 厘米粗的秫秸把，长度与屋梢一样长，固定在屋梢处。这时就用到拍屋针了，穿过屋笆，把绳经引在拍屋针眼内，带过屋笆，用绳经牢牢固定在梢膀[②]和檐条上。然后开始摸抹泥梢，就是从梢把到底草部分用麦糠泥抹平，把梢把抹成一条直线。好了，接下来就开始站檐了！当然，硬山屋就不用这项工序了。

站檐需要一个大工，一个徒工(或小工)，两个人一组，对面操作。先把底檐以上的旧草用榣杖托着，用两根 10 多厘米高的小棍把榣杖支起，这样底檐就和底檐上的草分离 10 厘米左右的间隙。底檐上抹上一层泥，下面的小工早已挑好瓷实的麦秸，在大铁锅的水里淹好，递给徒工，徒工一把一把地把麦秸在拍笆上撞好，用右手握紧麦秸的中部递给大工。大工先把第一把用两三根麦秸捆好，斜着固定在左端屋檐与屋梢交汇处，用右手接过小工递过来的第二个麦秸把上部，用左手掌垂

① 退草：把已经腐烂的麦秸草退下来。

② 梢膀：每根檩条向山墙外伸出部分，比檩条高出屋笆厚度。

直拦在第一个固定好的麦秸把右边，用第一个麦秸把内的两三根草越过第二个麦秸把，把第二个麦秸把固定好。大工用左小臂平压在固定好的麦秸把上，掌握屋檐的厚度，这样反复操作，直至屋檐右端。

站好檐后就该摸檐了。摸檐就是把站好的檐沿底面用拍筢拍成斜面，与屋面约呈 70 度的夹角。

摸好檐后就是齐檐，也就是用槛杖做标尺，用拍筢把屋檐整理成一条直线。屋檐的长短根据准备的麦秸草多少和麦秸草的长短而定：屋檐太短，拍出的屋面太薄，而且如麦秸草过长，屋面就成龟背型了！如果屋檐太长，麦秸草太短，屋面容易出现凹面，像养鱼池那样，下水不顺畅。如非要屋面平整，中间麦秸草扎不到底草内，遇上大风，就把扎不到底草的麦秸刮走啦！

齐好檐后，在新屋檐上面抹麦糠泥固定新屋檐，麦糠泥抹到新屋檐与屋面底草交接处以上。然后翻檐，就是在新屋檐上铺设麦秸草，一次铺设约 10 厘米厚，左手用槛杖压着铺设的麦秸草，用右手掌揉搓麦秸草，使其顺直，厚薄均匀，然后推着麦秸根部顺屋面向上推送。铺设三至五层后，就要用拍筢整平屋面，整平出一段屋面后，把槛杖垂直顺在整平好的屋面上，自下端顺着槛杖向屋脊看，看是否达到计划的厚度。如不理想，再进行调整，直至达到理想厚度，而且屋檐成一直线、屋面平整为止。

翻好檐后就要做梢了，做梢俗称拿梢。这可是个技术活，必须掌握好梢口麦秸草的斜度（与梢边呈 30 度角最适宜，度数大了下水不顺畅，度数小了，麦秸梢无固定的地方，容易吐草）和用草的长短，用草长了，梢角成了翻毛鸡，用草短了，麦秸草扎不到泥里，梢角容易吐掉或者被风刮走。在梢把里放上几锨麦糠泥，做上第一把麦秸草，用拍笣把三面（屋面、梢立面、檐底斜面）整理平整，用麦糠泥固定好，再向上继续做。做出的梢角三碰尖处必须呈现一根麦秸草，那样才有个精神头！把梢做到站在架板上够不着做了为止，并把梢口里的麦秸草用拍屋针挡着，免得麦秸草散乱。然后再铺设中间的麦秸草，直至够不着，用拍笣整平好整个屋面。然后就要吊椽棚（谐音，不一定用字准确）了！

吊椽棚就是把绳子越过屋脊固定在房屋的另一面，如无固定点就用碌碡或抬粪筐装上土等重物固定，但不能损坏另一面的屋檐，与脚手架一样，每间屋的两端各一根绳子（如椽棚杆够长，也可三间屋三根椽棚绳，也就是屋两头各一根，中间一根）。绳子的这一头系着木杆（或竹竿，不过竹竿在烈日下烫脚，一般用打场的撵杆子）的一个头，木杆在新屋面的上部呈水平状，作为拍屋者踩在脚下的承载物。拍屋者脚踩在椽棚杆上进行操作，够不着了就再向上吊一下椽棚，这样一直操作到屋脊。屋梢做到离屋脊 30 厘米时要做成璇梢，也就是把屋梢旁面的麦秸草逐渐加大斜度，到屋脊处与屋脊走向重合。麦秸草的上梢到达屋脊时要用齐过梢的麦秸铺设，免得麦秸草越过屋脊。在这层麦秸上面抹一层麦糠泥，然后用铡短的麦秸铺设后，再在上面抹一层泥，就把脊瓦扣上。这样大体就算完成拍屋任务了！（有的匠人是不用铡麦秸，而是将麦秸梢越过

屋脊，把越过屋脊的部分编成草辫子顺在屋脊上，然后抹泥，扣脊瓦）

最后就是用拍笆将麦秸草紧实，将屋面最后整平，落下椽棚杆，小工到对面把椽棚绳子抽出。大工把屋面整平好后，再用槛杖作标尺把屋檐整理成一条线，拍屋工序完成。拆除脚手架，清理场地，完事大吉！

这样重复着每天的工作，直至立秋后拍屋季基本过去，又转成抹外墙了！

2020年岁次庚子榴月上澣回忆于敦梦轩并记之

甃 井

砌筑水井俗称甃井。甃井的流程是：选井址、挖土方、制作井箍、砌井槎、甃井、回填土方、镶砌井沿石。

选井址非常重要！一是选择好的水质，水源丰富。二是在人群聚居的地方，为人们提供便利。如村落内没有好的水质，只好在村落内甃一眼水质差的溇水井，只做洗刷锅碗、洗衣服和牲畜用水。到村落附近找水质好的地方甃饮用水井，因为取水远，只舍得做饮用水。

选好井址后，请村落内德高望重者主持奠基，然后就可以开挖土方了！

挖土方和制作井箍可以同时进行。壮工挖土方，木工制作井箍。井箍用材大多数是鲜柳木，一是因为鲜柳木在水下不会腐烂，二是因为取材便宜，哪个村落基本都有柳树，而且湾塘周边的柳树大多数是村落公众的，也不需要花钱。将 6 厘米厚的板材制作成井底周圈、井壁大小的圆形，用以拱托井壁。材料充足可以双层，只用钉子错开板缝固定牢固就可，这样坚固一些。如材料紧缺，可单层，但必须每块板材之间要用燕尾榫联接，才能达到坚固程度。

如果砂层薄、渗水缓慢，可以把井箍拿到井圹内摆好后再砌砖槎。如果砂层厚、水源旺盛，就要预先在井箍上砌几层砖槎，砌的层数多少，根据壮工多少决定，如果砌多了，壮工少，抬不动，无法移到井圹内。如果淤泥或流沙流动太快，还要在工作面周围加打木桩，用植物秸秆阻挡淤泥或流沙的淤塞。

挖好井圹后，在井圹的中心固定一个柳木橛作为井的中心点，全部壮工靠上，把砌好的井槎抬下去，用三根木头扎成三角架，顶端拴一标线，线下端拴一坠头，垂直于井的中心点，根据垂直线确定好井位。如果井箍以下还没到砂层底部，就要组织劳力，迅速沿井箍底部向下挖掘，直至挖到砂层底部（也就是硬土层），才能结束。而后在井壁周围回填土到井槎的上口，然后再继续向上甃井。如遇砖不平，可用少量的土垫平，并随时根据垂直线矫正井壁的准确度和收缩度（根据设计比例确定的斜度），甃到平腰高时，再回填土。这样反复作业几次，直到设计的高度。

井甃好后，用四块或六块板条石镶嵌成正方形或正六角形的井口（根据井的直径大小确定，一般小于两米的用四块，大于两米的用六块。当然，在菜园子内甃的水井就不用条石镶口啦，或横一木板用秤杆提水，或直接安装水车），撤去三角架，甃井工程就全部竣工。选择吉日举行竣工典礼。

值得一提的是，由于人们的迷信思想作怪，在旧社会甃井现场是绝对不允许妇女靠近的（说法是：妇女靠近，井壁容易坍塌）！中华人民共和国成立后，男女平等就没有这一说法了。但为了安全起见，也决不允许孕妇靠近。

这是场地宽敞情况下的甃井方式。如果场地狭窄，就要用就地下槎方式啦！操作方式如下：

在井址处摆好井箍，树立三角架确定中心点，在井箍上砌砖，砌到膝盖以上，一人或两人在井内挖土（根据井的大小），一人在井旁利用三角架上的滑轮向上提土（用土筐盛土），把土运到别的地方。在下面挖土者要随时注意井壁的平衡，不能倾斜太大，以免井壁坍塌，将井槎下的土挖到上口与地面平时，继续砌砖至膝盖处，再继续挖土，在上面提土者随时回填井壁外的空隙。这样反复多次，直至达到理想的深度为止。这种方式优点是用人少，缺点是用时长。

2021 年 12 月 2 日追忆于敦梦轩

古迹寻踪

刘家庄

20 世纪 70 年代，在柳疃镇刘家庄村东头苇湾抬湾泥时曾发现三座古墓葬，其中在苇湾东岸的两座是砖砌圆型墓，墓坑直径约 2 米，垂直部分深约 50 厘米，向上逐渐收缩成墓穴拱顶，最后用一块砖盖顶。苇湾西北角是一个灰泥瓮装人骨，泥瓮底直径约 40 厘米，上口约 50 厘米，肚约 60 厘米，上口用灰泥盆覆盖。从墓葬形式来看，应该是宋元时期的墓葬。

刘家庄的王姓和赵姓族人于明洪武年间迁来村子，据该两姓氏族人流传，他们迁来时村中已有于、萧、陈、马、李等姓氏人家，村东有于家墓田，也就是上文所述挖出古墓的位置。

这个村子原来曾叫“于家泊”，或是因为于姓立村而得名，也或是因为当时村中于姓人丁兴旺。但赵姓和王姓迁来数十年后，于姓因前村有邓姓家族，认为“澄鱼”谐音不吉利，便陆续迁往他地。其余萧、陈、马、李四姓直到清中期才逐渐在本村消失。

当初取名于家泊，之所以带一个“泊”字，是因为当时潍河古道流经村东一片洼地（今中国棉纺城一带）。当时的潍河古河道从石湾店村后就拐往西北流向，流经该村东，又拐向东北方向流去。

在当时的村外，潍河古道西岸的大堤西侧，曾有一座小庙，叫诚愿寺。诚愿寺建于一土台之上，地基和大堤齐平，明显高于周边民宅。说起小庙名字的来历，还有一个故事相传，明朝宣德年间，有掖县人孙善纪在北京经商，回家过年行至刘家庄一带，因风大浪高，不能过河，即在小庙许愿：如能顺利过河，将重修庙宇，再塑金身。翌日，果然风平浪静，顺利过河。年后，孙善纪从北京发来银两，请当地善人主持，找来能工巧匠，重修庙宇。为纪念孙善纪还愿修庙，故命名“诚愿寺”。寺庙坐北朝南，宏伟壮观，山门匾额题写“慈云隐世”四字，山门东是钟楼，山门西是一座坐北朝南的土地庙（民国初年改为关帝庙）。进入山门是大殿三间，供奉释迦牟尼佛祖，左首文殊菩萨，右首普贤菩萨。后大殿五间，正中供奉准提菩萨，左首是增长、广目、多闻、持国，风、调、雨、顺四大天王，右首是千里眼、顺风耳、遁水龙、潜地行四大元帅。东山墙供奉十不全老爷，西山墙供奉送生娘娘。寺院内顺东墙一排五座碑碣，记载着建庙和维修事项。西边一排厢房，供僧人居住和做仓库用。

由于诚愿寺的扩建，香火渐盛，名闻乡里，周围民众便逐渐把村名也叫成了“诚愿寺”。

到了明朝中期，刘姓自高密迁居此地，孝友传家，耕读继世，渐衍渐盛。至清朝末年，村中刘姓已成主要姓氏，就逐渐有了刘家庄之说，至民国元年（1912），当时的民国政府正式将该村命名为刘家庄。

1993年冬结合葛鸿祺老先生口述整理

再说澄源寺

《柳疃镇志》（出版社不详，1985 年版）第 335 页对澄源寺的记载是：“此寺传说掖县赶考举子毛小为许愿而建，故名‘诚愿寺’。抗日战争时期无人管理自行倒塌。”

《昌邑乡村文史大观（柳疃卷）》第 78 页在“诚愿寺的传说”中记载：“据说明朝泰昌元年（1620），莱州举子毛小进京应试，行至潍河渡口，忽遇暴风骤雨，乘船行至河中心，风大浪高，颠簸起伏，十分吓人。毛小对天祈祷，想起上船前在柳疃南约二里路歇息的小庙，便暗暗向佛许愿，若能平安进京应试，将来一定出资重修这座寺庙，以酬报佛家的保佑。后来毛小中了状元，拨来巨款重修这座寺庙。这就是柳疃南刘家庄东首的诚愿寺。”第 90 页中对“诚愿寺”的记载是：“建于明代，清代改建重修，抗战时因无人管理自行倒塌。位于刘家庄村东，坐北朝南，建筑面积 1500 平方米，大殿三间，内塑佛祖释迦牟尼像，赤脚光背，端坐莲花庵内，两旁各有站班神像四尊，殿旁僧房三间，居和尚一人，此寺传说掖县赶考举子毛小许愿而建，故名‘诚愿寺’。”第 141 页中对诚愿寺的记载是：“诚愿寺又名澄源寺，位于今刘家庄东首。昌灶公路西原有小庙一座，庙东是原潍河。明朝宣德年间，有掖县人孙善纪在北京经商回家过年，因风大浪高不能过河，即在小庙许愿如能平安过河将重修庙宇，再塑金身。翌日，果然风平浪静顺利过河返乡，年后回京发来银两请当地善人、木匠主持重修庙宇。”

关于上述说法，笔者认为有四点漏洞。

一、掖县举子进京赶考是自东向西来，既然在河东岸怎能到河西岸的小庙许愿？如已在河西岸，又无须许愿。“想起上船前在柳疃南约二里路歇息的小庙”，这句话就自相矛盾，既然上船前在小庙歇息，因原潍河在澄源寺东边，就是在河西岸，无须坐船。这是莱州举子回家？不是说进京应试吗？

二、认为是赶考举子许愿考中而建，当时哪来的银钱建庙？除非是贪官！就是贪官也要有一定时间贪。再有你见过哪个庙内有赤脚光背的如来佛祖神像？

三、抗战时期因无人管理自行倒塌说：拆庙时还有一个和尚，法名惠增，俗名董品秀（本县董家隅庄人）。拆庙后搬入村内，直至1960年去世。哪是无人管理？明明是1948年解放潍县时拆除寺庙，不知编写者哪来的资料？

四、查阅史料，明光宗朱常洛在万历四十八年（1620）八月，明神宗朱翊钧驾崩后即位，诏以明年为泰昌元年（1620），但只在位28天，未及改元而崩。第二年就改元为天启元年（1621），哪来的泰昌元年？而昌邑人所说的掖县毛小就是吕剧《姊妹易嫁》中的毛纪。

毛纪，字维之，号鳌峰逸叟，明英宗天顺七年（1463）生于掖县城里。明世宗嘉靖二十四年（1545）逝世，谥号文简，享年82岁。明宪宗成化二十一年（1485）乡试第一；明宪宗成化二十二年（1486）中进士第一，选为庶吉士。嘉靖三年（1524），在首辅任上乞求离职归乡，恩准辞职回乡，同时诏令官府配给随从和粮食。进京应试是在明宪宗成化二十二年这比明神宗万历四十八年（1620）还早134年，怎能说成一起？

据昌邑刘氏在清嘉庆十九年（1814）所修族谱中明确记载："吾刘氏世居苏州，后有为高密尹者，遂家焉。当明之中叶，祖厚公暨，叔祖惠公复自高密西岭迁居昌邑北乡澄源寺。"据此，早在明朝中叶村名就叫"澄源寺"了，怎又来明朝末年莱州举子进京应试、许愿建庙之说？

据本村葛鸿祺（1909—2006）老先生1993年冬口述："民国二十年（1931）维修寺庙时，原计划是让善人刘汝庆、刘汝薇去掖县向庙主家要钱，但有人提出：只刘氏一族去人不太合适，应有别家族人员才行。这样就由刘汝庆和葛春芳去掖县要钱。回来说孙善纪的后裔答复：因家族衰败，无能力修庙了，以后再也不要来了。本来是刘汝兰做账先生，但刘汝兰老师提出：'我教着学，时间上不允许，不如让年轻人锻炼锻炼。'这样我就做了账先生。"因葛鸿祺老先生对寺庙的情况比较了解，讲述的内容也是根据碑文记载所叙，可信度很高。

有人提出：就是孙善纪在北京经商回家过年，遇风大浪高也不对？腊月河里早已结冰，怎来风大浪高？不如改成回家过中秋节合适。历史事实焉能篡改？请问自古以来哪个渡口允许结冰？

据笔者考证：诚愿寺的"诚愿"二字是根据诚愿寺的小磬铭文而来。小磬上铭文记载"诚愿寺，隆庆四年铸"字样。直至20世纪70年代还作小学上下课用，以后不知去向，笔者记得清清楚楚。但据葛鸿祺老先生所说：碑文上是“澄源寺”三字。《昌邑刘氏族谱》记载的也是“澄源寺”三字。因为先祖在清嘉庆十九年（1814）修谱时澄源寺香火正旺，先祖又是邑庠生，文字书写是很严谨的，绝不会把寺名和村名写错。至于诚愿寺说，分析是当时识字的人不多，觉得还是为还愿而建的庙，就谐音为“诚愿寺”。到后来年代久远，就人云亦云了。在明隆庆四年（1570）铸磬时就用了“诚愿寺”三字。前道刘氏祖墓碑记载“诚愿寺”也是这种情况而形成的。据此，笔者偏信于“澄源寺”之说。

经过十几天的走访，查证：葛鸿祺老先生说的匾额“慈云隐世”是在山门内面。山门前面是块牌（竖着的匾），大书“澄源寺”三字。

2018年7月18日

村名溯源——高隆盛（丝路绸庄塑村名）

柳疃镇高隆盛村自明朝中叶由高姓迁来立村，故取名高家庄。那为什么后来又叫了高隆盛村呢？这还要从该村村民在北京的丝绸生意说起。

清代，高家庄人在北京开了多家绸庄商号，其中以“隆盛丝绸庄”最为兴盛。清道光年间，卖丝绸赚了钱的乡亲们不断往家邮寄钱财，却时常和附近村庄混淆（当时附近叫高家庄的村庄有七八个之多），为避免此类差错，村中族人就商量更改一下村落的名字，想来想去，觉得本族在京城开设的“隆盛丝绸庄”名声还是响当当的，故把绸庄字号前加上本族姓氏，改村名为“高隆盛”。如此就统一了北京商号与昌邑老家村落的名字，一直沿用至今。

而该村村民又是如何兴起了外出经营丝绸的热潮呢？这就与本村的古庙有关了。

今天，在高隆盛村西北角尚存有一处古庙残垣，庙宇仅存的一处房舍南侧中间部分屋面已塌陷，庙的翘角码头已损毁。该庙始建于明朝末年，据该村张书记说，此庙原叫“崔家庙”，是村后小龙河北岸崔家庄人所建。当时崔家庄有一人在朝里任职，刚正不阿，清明廉洁，后遭小人诬陷下狱，判为死罪，株连九族，满门抄斩，村庄也因被焚而销声匿迹，留下此庙无人管理。因庙宇距高隆盛村最近，逐渐被高隆盛村打理，变成了“高家庙”。

又据该村高曰殿老先生介绍，在20世纪40年代末，庙宇院落尚且完整，整座庙宇建筑，长宽各约20米，占地面积约400平方米，坐北朝南，分为两院。东院为庙宇主建筑，中间山门，青砖青瓦，巍峨大气。山门东边是钟楼，悬挂着一口几百斤重的八耳大钟，钟上铸有建庙年代。每每钟声响起，方圆几十里都能听到。山门西侧是土地庙，坐北朝南，内中供奉土地爷。村中有人故去，都要到土地庙发丧报庙。二月二是土地爷的诞日，这天善男信女必定带领小孩，携纸香、饺子、醴酒到土地庙烧香奉祀。小孩还要抢供过的饺子，意在吃了供饺好养活。

进入山门，院正中屹立着一株苍翠古柏，在住庙道人的经年修整下，树冠分为三股，寓意“三官神”。树西距西院墙1米许有碑碣一座，正面记载建庙始末及建庙年代，背面记载捐款人名讳。抬头北望，正殿三间，青砖青瓦，飞檐翘角，明柱厦檐，前出走廊。虽无琉璃瓦那样金碧辉煌，但也透着质朴大方、古香古色的韵味。更难能可贵的是自始建以来400多年间，从无返修过，就算一草一瓦也没动过，还是保持着原汁原味。进入大殿内，雕梁画栋，四周墙壁画有半部残唐之妙作。正面塑有三官、二官、大官三座神像：三官居中，二官居东，大官居西。说起三官次序来，还有一段传说典故呢！

民间流传，明朝末年，三官（天官、地官、水官）的后裔多得不得了，需要分封各地，让他们去哪里呢？这也成为难题。天官出了一个主意：让所有子孙于庭院中各画一圆圈，站立其中。手握一块砖头，不停地旋转，直至不能转动而蹲下后，将手中砖头抛掷出去，抛向何方，就往何方就职。其中就有大官、二官、三官兄弟三人均抛向了北方，天官老爷就命他们到北方就任。兄弟三人走啊走，这一天走到柳疃小龙河南岸，走累了，坐在树荫下休息，抬头间，忽然发现有一座新建庙宇，甚是雄伟壮观，大官就命三官去看是怎么回事。三官领命，到了庙内一看，素净典雅，且无神像，真乃修身养性之所，何不在此修行，遂坐了正位。大官、二官在树荫下久等不见三官回返，大官又命二官去看一看三官是怎么了。二官领命，来到庙内，见三官已坐正位，只好屈尊坐在三官左首，居了第二位。大官在外面又等多时，不见兄弟二人出庙，便自己起身来到庙中，见两位弟弟都坐了位置。大官本可以让三官让位，但大官忠厚老实，认为都是自己兄弟，不必为座次而争吵，只好委屈地坐在了三官的右首，居了末位。大官虽然没有争位，但还是内心抱屈，所以塑像低垂眼睑，做凄苦状，而三官居中，笑颜常开，二官则做不怒不愠状。

自西院墙北端便门进入西跨院，北屋三间，是住庙道士及家眷的居所（因道教中分两教，全真教一生出家，不许结婚。而正一教则允许结婚，俗称家道士。至今村内还有住庙道士的后裔）。南屋三间，中间穿堂门，供住庙道人和家属出入，两侧为仓库，盛放杂物和粮食。

另外在村西还有庙地十余亩，由住庙道人租给贫困农户耕种，收取租子，作为口粮和平时香火费用。

后来逐渐延续了一个习俗，每月的初一、十五是此庙的香火日，本村及附近村庄的善男信女都到此烧香，祈祷神灵保佑，香火甚盛。

每年的三月三，是一年一度的庙会，青莱二州附近各县的商贾均来赶庙会，做货物交易，摊位几乎摆满全村的大街小巷，本地诸丝绸作坊也借庙会销售丝绸。

该村一丝绸作坊大户从庙会上的丝绸交易之盛，看出了柳疃丝绸的价值，于是背起丝绸，主动走出去，将柳疃的丝绸销往全国各地以及朝鲜、日本、东南亚各国。后来，他们在北京开设了“隆盛丝绸庄”，发了大财。该家族后辈兄弟八人在本村修建了八座气势恢宏的宅院，本村人称其为“八大门”。

历经400年的古庙，从庙会文化推进了柳疃丝绸灿烂的丝路文明。可惜的是，在20世纪40年代末，神像被拉倒，山门、钟楼、土地庙被拆除。到50年代，又把石碑拉到姜家堤子村东北角的潍河大堤上，做了防洪石料。大炼钢铁时，庙内大钟惨遭砸毁。后来古庙的装饰物也惨遭毁坏，最终，剩下了今天的残存遗址。

2017年3月12日根据张松岭、高曰殿先生口述整理

昌邑古宅院——柳疃史家庄大屋

在昌邑北乡常听人说起史家庄大屋，但只闻其名，不知其实。

风和日丽、柳丝吐碧、杏花含苞的2018年3月11日，应柳疃镇原文化站站长、文山诗书社龙河分社社长姜丽芳师姐之邀，协同柳疃镇文化站站长张永卿女士，有幸采访了当年史家庄大屋主人的后裔——现年87岁的史宝孝老人，得窥史家庄大屋的全貌。

史家庄大屋是在民国十几年（20世纪30年代左右）由受访者的祖父史心清老先生修建的。

史心清当时任吉林省长春商会会长，做买卖发了财，于是回家修建了这座宅院。因当时在昌邑北乡是数一数二的气势恢宏的大宅院，故附近乡亲们称其“史家庄大屋”。

据史宝孝老人回忆，“史家庄大屋”宅院刚落成时，位于当时的村落中间偏南位置。在20世纪40年代土改前，宅院大门外偏西是三间草房，做学屋用；西、南、东三面土围墙，形成一个独立院落，在东院墙中段开一豁口，用木栅栏做门；在西南角有一厕所；学屋南面还有三间土坯房院落，是史家在村东头新盖了四间房的院落对换来的，备以大宅院规模；大门外偏东也有三间草房，无院落，学生多时做学屋的备用房舍，学生少时就成闲屋啦！村内乡亲有儿娶女送的，也做待客用。

大门坐北朝南，在院落南端正中，俗称“正阳门”。大门是砖砌墙体，大梁出头的木结构房架，小青瓦覆盖屋面。门上端和两边用盒子板镶装的大气门框，中间两扇向两边内开的木门。进得门来迎面是一面木屏风，屏风上端镶装着雕刻的透花松、竹、梅岁寒三友图案，屏风正中间镶挂着一个大木刻“福”字。这面屏风是活动的，俗称“仪门”，平时是绝对不能开的，非得红白大事或高官贵客到府才能大开仪门。受访者自 3 岁入住，直到 13 岁搬出，十年间从未打开过。自屏风前向东、向西各有一个空门洞，都能进入院子。

自东便门进入院落是砖铺地面，直至东屋北门口北侧，五间东屋分为两部分：南头两间在北间开门，南间一窗，用作仓库。北头三间在中间开门，南北间各有一窗。进得门口迎面靠东墙是张香几，两边香几墩都有木雕刻装饰，香几下面是一张八仙桌，八仙桌两旁各有一把太师椅子。南间一张账桌，数把椅子，用作账房。北间靠山墙是一张供桌，供桌上供奉着用玻璃盒盛着的三个铜牌位。墙正中悬挂着一幅寿星图：图中老寿星手拄拐杖在撒米喂小鸡，眼前七个小雏鸡在争抢啄食。

自西便门进入院落，迎面是一面屏风（为挡厕所用）。自屏风前进入院子。屏风后五间西屋，南头一间是厕所，安放着一个木制坐便器（地下与北邻大栏相通）。第二间是大栏（即化粪池，可见当年农耕时代意识有多超前），用木板覆盖，在靠南墙处有一蹲坑，是下人所用厕所。北头三间是伙房：门口开在中间，靠北墙盘着两个锅台，做蒸饭和煮肉炖菜用；正面盘着一个柴火炉子，用来炒菜；门内南旁一口水缸；南墙下一个面案，用来制作面食；几个大盆，有用来和面的，有用来洗菜的；地上有下水道与大栏相通。

东屋和西屋门口以北是花圃，冲北屋门口有甬路相通，形成两个不大的花坛，周圈有砖砌花墙围挡，约 40 厘米高，修剪花木可从墙顶跨过。北屋、东屋、西屋门前均有约 80 厘米宽的、用木明柱和檩条支撑的、铁皮盖顶的回廊，下雨天也不用打伞就能三个屋相互出进。北屋与两偏房之间有约 1 米宽的夹峮道[①]。北屋、东屋和西屋都是下部小青瓦、上部麦秸草的风火檐屋面。

北屋前窗全部是四扇玻璃窗，向外开。屋门是双层：外层两扇木制镶玻璃门，向外开；内层四扇折叠木板门，靠门边两扇窄，中间两扇宽，内开，开启后靠在墙上不占空间。进得门来，迎面是木隔断，悬挂着当地名画家范春晖的梅、兰、竹、菊、牡丹、莲花六条屏绢质工笔画。

自隔断前内门进入东间是客厅，靠南窗摆放着一张茶桌和几把椅子，茶桌上有洁净的茶具和茶叶桶。内门北侧有一小门，能进出隔断后的储藏间，靠北墙有一张带床柜的单人床。自客厅再进入内间：南面是一盘炕，炕帮处有一小洞，带门，开启小门可以烧炕。炕沿儿是挺宽的木质炕沿儿，上面座着炕阁：四条扇，边上两扇固定，中间两扇可以向外开启，供上下炕用，闭上门，炕上睡觉人可与外面隔开。北墙有玻璃窗，窗

① 夹峮道：方言，即两屋之间的窄巷。

下端中间位置有一活动窗扇，开启窗扇能支起或放下窗外的雨搭，与储藏间的玻璃窗相同。床下有一张与客厅北墙下同样的单人床。

自正厅隔断前内门进入西间，设置基本与东内间相同，不过北墙没窗户。自炕前内门进入西内间，设置与东内间完全相同，就不赘述啦！东西两内间都有木制阁子，东间阁子口在东北角，西间阁子口在西南角，有护梯供上下。

此宅院落成后十几年的1946年，土地改革，房屋被充公，房主人搬到原来的场院屋居住。以后，院落又做了国家粮库，把大门屏风和屋内设施以及回廊全部拆除。现只存大门和北屋、东屋、西屋共十五间屋，屋上的装饰物被毁坏。

2018年3月12日林夕根据史宝孝老先生口述整理

渔尔堡海神庙

——采访纪实

春和景明、杏花怒放的2018年3月26日下午，在柳疃文化站站长张永卿的安排下，原柳疃镇原文化站站长姜丽芳师姐带领余与高曰殿老先生、高淑英女士共同采访了渔尔堡海神庙。

渔尔堡李国芳老先生首先介绍了渔尔堡村名的来历：

渔尔堡地处昌邑北部边缘，柳疃镇最东北角。据族谱记载：明朝洪武二年（1369）皇诏搬迁。李姓由襄阳郡枣阳县，陈姓由济南府历城县迁此立村。建村后主要以下海捕捞为生，村内就住着陈、李两大姓，故称鱼二铺。后随着历史变革，改称为渔尔堡。

李国芳老先生介绍完村名来历后又介绍了村内古迹。由于渔尔堡村村民是以海上捕捞为业，常年与风浪打交道，危险性很大，所以沿海渔民们特别祈望得到神灵保佑。在这种思想意识的影响下，大约于明朝末年由渔民集资始建海神庙。

据李国芳老先生回忆，1945年拆除海神庙前的规模是这样的：

海神庙位于渔尔堡村西北角，南北大道西侧，连庙前广场在内约占地1600平方米。海神庙山门座北朝南，九层青石台阶，砖砌墙体，小青瓦屋顶，飞檐翘角，巍峨大气。匾额为“海神庙”三个鎏金大字。山门前是偌大的广场。山门前约2米处各矗立着由石砌的基座。中央立一旗杆的旌旗台，是辛安庄渔民出海遇险，脱险后为还愿而修建的。在山门东侧旗杆台北有一座碑碣：碑阳上额横书“革除恶习”四个大字，下面是竖写碑文；碑阴上额横书“重整前规”四个大字，下面竖写碑文。庙东、南、西三面有砖石砌筑的院墙。院落西南角一座土地庙，坐北朝南。庙内供奉着土地爷，两边各有站班小鬼侍立。二月初二或村民遇有丧事，无须进山门就能祭祀土地爷。

进入山门，迎面有甬路直通正殿。山门东边在院落东南角有一座由四根石柱子支撑、小青瓦盖顶、造型美观、玲珑坚固的钟楼，内吊一口四五百斤重的铸铁大钟，响声绵延十几里。甬路西旁，院落的偏南位置有一棵建庙时的古槐，约有成年人三抱之粗，树冠覆盖大半个院子。古槐西边是顺西墙而建的八间厢房，用作僧房和仓库。西厢房前碑碣一座，碑阳竖书“恩波汪洋”四个大字，上首两行小字：“恭颂”二字自成一行，第二行是“海神　龙王　肖圣神君德泽”。下首落款是“光绪二十三年十二月　穀旦”。碑阴是捐款者名讳。

抬头北望，正殿三间，前出走廊，两根明柱盘绕金龙向上，屋顶小青瓦覆盖，飞檐翘角，神兽蹲坐于山墙垄脊之上，二龙戏珠起舞于房脊之巅，古朴壮观。进入正殿，正位海神爷，东首龙王爷，西首肖神爷。靠东山墙塑有手握金雀大板斧的千里眼王魔，靠西山墙塑有手持雁翎刀的顺风耳杨森、镇守灵霄宝殿的两大元帅。

农历的四月初八是海神庙庙会。这一天沿海各村渔民，不管男女老幼，都要去赶庙会。庙内香烟缭绕，僧人诵经，男女五体投地，虔诚祈祷。庙外广场上人们买卖杂货、食品，讨价还价，说书、唱戏、演杂耍的，锣鼓喧天，十分热闹。

可惜的是，这样香火旺盛的民俗圣地，在1945年被拆除！

迨2008年，政通人和，百废俱兴。为满足渔民们的传统信仰，在有识之士的鼎力捐赠下，仿其旧制，又在原址上建起了新的海神庙。

山门鲜红的对联是："三江六河主 五湖四海神"。横批："恩波汪洋"。山门前又重新竖起"革除恶习"旧碑。在山门西边院墙上设一小门，内中供奉土地爷，是个简易的土地庙。

进入山门，还是甬路直通正殿。在山门东原钟楼处立一旗杆，用以重大盛典升旗。甬路东侧新立一座大理石碑：中间竖书"心丹海碧"四个大字，上首与"恩波汪洋"碑一字不错，还是两行小字："恭颂"二字自成一行，第二行是"海神 龙王肖圣神君德泽"。下首落款是"公元二零零八年元月十八日重建 穀旦"。碑阴记载捐款者名讳。甬路西边偏南位置重栽古槐一株，古槐西北角重新立起了"恩波汪洋"旧碑。

正殿对联是："丰年云为瑞 盛世海无波"。横批："四海升平"。正殿规模与原貌无二，就不赘述了！

2018年3月27日

小龙河溯源

小龙河是昌邑北部的一条间接流入渤海的小河，也是柳疃的母亲河。它本是山东第一大河——潍河的一个支流。在清朝以前，潍河本无大堤防水，河水任意泛滥，因此河道也频繁变更，小龙河就是这样形成的。

河名考

对小龙河名称的由来众说纷纭，莫衷一是。为此笔者查阅了手头的若干历史资料：

《昌邑县志》清乾隆七年（1742）版本记载："小龙河，在县北李伍社，回折九曲，北入渤海。"

《昌邑县志》清康熙十一年（1672）版本记载："小龙河，在县北二十里李伍社，回折九曲，北入渤海。世传小龙寻母处。"

明朝崇祯十五年（1642）壬午兵燹，昌邑档案隳燹，无从再溯，所以只好说在明朝时期此河就叫"小龙河"。

据民间流传说法是此河"回折九曲，形似神龙"，故名"龙河"。因与潍河相比是为小河，爰又有"小龙河"之称。

据笔者推断："小龙河"名称由来与华夏母亲河——黄河一

样无考，只能说自从盘古开天地，历史长流到今天就叫“小龙河”。

河道考

小龙河河道走向从无文字记载，只有《柳疃镇志》（出版社不详，1985 年版）第 47 页、48 页有所简单记载：

今小龙河，属潍河古河道，上由姜家堤子村后经柳疃村东绕高隆盛村北，向西穿过“四干”与低河汇流而入渤海。全长 6.5 公里。

小龙河古河道。此河原系潍河的一个支流，其河道长期变迁不定。据考，明正德年间以前，河道由高隆盛村转向，经金家庄向北，经过今后官村东之杨家河、院头河、玉皇庙河、门八河以至青乡乡之史家庄河、横地河、沙家子河、尹家河而流入渤海。

在柳疃镇敬老院内卧有一座石碑：方首，上端横书“石桥碑记”四个大字，下面竖写碑文。其中记载有：“……惟小龙河回折九曲，在柳疃街东久矣。缘前明隆庆二年，河神忽徙，水势渐消。然每逢淮雨潍水决溢屡被灌注……”

据痴叟民间采访与《柳疃镇志》（出版社不详，1985 年版）略有不同。

在明朝隆庆二年（1568）前，潍河在河东岸夏家庄北向东一个支流，在河西岸高家岔河北向西北一个支流：经郭家岔河村前、草庵村后，到沟崖村东头向北，流经邓家庄、刘家庄、东傅村东，在李家庙子村东转向东北，经姜家堤子村西头向北到阎家庵村西南分成两个支流。

一个支流向北流经阎家庵村西头、河崖村东头、久丰屯村内、院头村西、门八村东、史家庄村东转向西北，经横地村内又转向东，到北范家庄村西转向北，经青乡村西、老官庄村西转向西北，经谭家庄村前、灶户村前，在灶户村西南转向西北流入孟良河，然后向东，在渔尔堡村北汇入潍河而入渤海。此支流在明隆庆二年（1568）潍河决口断流淤塞，后来大部易为良田。现在断断续续有部分河段还能看出遗迹。

一个支流自阎家庵村西南处向西北流经柳疃街东，在柳疃街北转向北，流经东陈村东、高隆盛村东，在高隆盛村东北，金家庄村南转向西，经北西高村前流入“甜水弯”，再经老官庄村南向西，在老官庄村西南流入低河而入海。后来在金家庄东南角向东，经河崖村前，在河崖村东南角与另一个支流贯通。

明朝隆庆二年（1568），潍河发水，自姜家堤子村东北，傅戈庄村东南，原三官庙村南决口，在姜家堤子村后形成“老鳖湾”，再向西流入小龙河经柳疃街支流。阎家庵村西支流遂淤塞而成为良田。

民间这种说法与柳疃敬老院内“石桥碑记”记载相互认证，故而可以确信。

水利考

历史以来人类都是顺河而居，繁衍生息。这就是人类在长期的生活和生产中总结出来的经验，懂得水的利用价值，从而逐步完善地发挥了水的作用，使水更好地为人类服务。这就叫“水利”。

有史以来小龙河沿岸人们就利用小龙河与潍河相通、水运方便的有利条件，将柳疃附近生产的丝绸，用船沿小龙河上溯潍河，再入渤海，载往全国各地，甚至往俄罗斯、日本、东南亚等南洋诸国销售，从而繁荣了柳疃周边的经济。直至清末民初，小龙河水势渐消，无法行船而终止货运。

由于长期以来生产力和生产工具的落后，人们对小龙河没能充分利用，只是作为牲畜的饮用水和生活中的洗衣用水。只有紧靠河岸的小部分人利用秤杆[①]提水浇灌菜地。

1942 年春，日寇中队长郎述维在姜家堤子村后丈量测绘小龙河。1943 年春，日本派来水稻专家郎洪伟、朗君波（都是郎述维的亲属）和两个女技术员到小龙河开掘，从潍河引水，计划种植水稻（日军实际目的是以在荒滩种水稻为名，设立阵地封锁渤海走廊交通线）。劳工全部由伪军到各村摊派人员，每天约 300 人，由日伪军监工，结果干了十几天，没有效果（原因是白天出工挖掘，晚上抗日军民再组织人员将其填平），只好停工作罢。几个日本水稻专家和技术员在回昌邑城时被昌邑独立营活捉。

1946 年 4 月，我区政府为在战后迅速发展生产，决定为开发柳疃西北部荒地，在姜家堤子村东北角引潍河水入小龙河进

---

① 秤杆：一种提水工具，在井旁立一木杆，在木杆上吊一横杆，横杆一头绑缚重物，另一头挂一木梢，提水时不用费力气。

行灌溉。从昌南运来铁路道轨四根做立柱，用昌邑城大门门板做闸门，两旁用麻袋装土固定，修建起了简易闸门。结果潍河发大水把道轨和城门门板冲走而未成功，造成柳疃、东西陈、高隆盛、金家庄、北西高、河崖等村水灾。

1955 年 10 月，三区区长姜言溪亲自指挥在傅戈庄村东跨潍河筑坝，调集劳力约 1000 人，进行第一次“腰斩潍河”工程，当月竣工，并开始向小龙河灌水。同年 12 月，潍北劳改队农场为防止水灾，强行在北西高村前小龙河上筑坝堵水，造成附近村庄水灾。

1957 年秋，柳疃区在姜家堤子村东北潍河段修筑拦河坝，从潍河引水入小龙河，灌溉农田。同时在区内大搞渠洫畦田，共修干渠 10.6 公里，支渠 6 条 13 公里。但未起到多大作用。

1964 年 2 月，柳疃、东冢、夏店、卜庄四处公社联合出工，在本公社徐家庄村东潍河段修筑拦河坝，我公社从小龙河引水灌溉。后来汛期洪水冲毁大坝。

1966 年秋，在今柳疃卫生院西，小龙河东岸修建柳疃扬水站，投资 18000 元，建机器房 8 间，安装“135”柴油机一台，修沟洫 38000 米，灌溉土地 8090 亩。使柳疃村、东陈、高隆盛、阎家庵、长胡同、姜家寨、郭家车道、前阎车道、中阎车道、北阎车道、南玉皇庙、西玉皇庙、院头、久丰屯、河崖、金家庄十六个大队收到良好效益。

1977 年 11 月，柳疃公社在傅戈庄村东潍河段第四次修筑拦河坝，建扬水站。于 1978 年 2 月建成傅戈庄村扬水站，调用各大队柴油机 28 台（362 马力），搞“南水北调”工程，提水 15 天，灌溉麦田 360 亩，收到一定效益。

1978 年春，大旱。柳疃公社掀起大挖水源的高潮。在小龙河三官庙西南角段深挖泉水，修建水库，调动劳力 328 人，奋战 15 天，建成小龙河上第一座水库，灌溉土地 443 亩，使徐家庄、三官庙、傅戈庄、阎家庵的小麦获得丰收。

2001 年，柳疃镇在小龙河昌灶路两侧修建“龙河公园”。石砌小龙河两岸，造假山，建观景亭，安装喷水器等工程，并进行了绿化。

2009 年，寿光市规划利用小龙河引潍河水入寿光，导治小龙河，修补跨小龙河的桥梁。但因水源不足而未被利用。

2013 年秋，柳疃镇镇政府组织修建小龙河龙河路两侧“龙河公园”，包括建造景观桥、步行观景木质桥。绿化小龙河两侧。

2018 年 10 月 5 日，昌邑市政府召开“小龙河生态湿地长廊”建设调度会，在会上确定了“一院、二路、三舍、四园”的打造思路。一院即“龙河书院”，二路即“1000 米健身竞速跑道和休闲步道”，三舍即“龙河禅舍、龙河客舍、龙河茶舍”，四园即“桑园、竹园、梨园、海棠园”。提出了“奋战三十天，龙河大改观”的目标任务。

桥梁考

清光绪十八年（1892）前小龙河上只有柳疃街北头镇武庙后一座小木桥。

清光绪十八年（1892）春由柳疃街及周边村善士捐款，在木桥原址处修建石虹桥一座。

民国五年（1916）由柳疃街各商号捐款，在柳疃街东修建三拱石桥一座。

1965年，柳疃东石桥由于年久失修，石条断裂，拆除后重建。

1965年春，修建昌邑北四干渠跨小龙河渡槽。

1966年秋，在柳疃街北头原石虹桥东，今柳疃医院南边建造石桥一座（现因改路不用，建造观景亭立于其上）。原石虹桥废弃。

1976年8月，修建昌邑县丝织一厂东北角小龙河桥（今文化街桥）。

1982年，柳瓦路改道，在新柳瓦路跨小龙河处安装直径一米粗的水泥管。2009年，寿光引水工程时改建。

1987年，柳疃南北大街拓宽改造，在街北头（今柳疃卫生院西南角）新建石桥一座。东边原桥废弃，但未拆除，在其上建造观景亭一座。

2001年，柳疃街东石桥重建，上铺水泥路面（今灶朱路桥）。

2005年，柳疃镇镇政府修建龙河路，在小龙河上建造石桥一座。

2009年，寿光市为“引潍河水入寿光”工程建小龙河各段桥梁：镇府街石桥（敬老院西南角），东陈村南石桥、北石桥；高隆盛东石桥，北石桥；北西高石桥。

2014年，在柳疃初中东南角、姜家堤子西北角处建造三虹观景步行桥一座。

［根据民间采访和《柳疃镇志》（出版社不详，1985年版）以及阎超云先生提供资料整理］

2018年11月18日

绸乡传说

龙池的传说

龙池名称的由来之谜始终萦绕在我心头。今天经过采访几位老者，终于揭开神秘的面纱！他们向我讲述了一个美丽的传说。

很早很早以前，这里是湾渠棋布、绿树成荫、沃野千里的美丽富庶之地。人们过着日出而作、日落而息的优游静谧的田园生活。

这一年，本应是百草萌芽、万花含苞、柳绿杏粉的季节，但忽然来了一旱魃，致使草木不醒，嫩芽不生，地里的麦苗也不愿返青！人们只好到村前的菩萨庙求神拜佛，祈祷救苦救难的观世音菩萨保佑，普降甘霖。就这样自春求到夏，滴雨未见，树木枯黄，野草恹萎，小麦也颗粒未收。

这天人们又在祈雨，一弱冠少年发话："光这样祈雨也不是办法，你们没见祈了一春雨，也未下一滴雨？求南海大士远水不解近渴！不如我到北海龙王那里相求，让他降点雨露，普度众生。"说罢径自去了北海（即渤海莱州湾）。

少年到了北海龙宫，北海龙王正好去东海喝茶了，未在龙宫。龙王娘娘听说后，一心想救此方百姓于水火，不顾身怀六甲之体，毅然跟随少年来到此地，与旱魃展开殊死搏斗，但终因即将临盆，未能战胜旱魃，遂隐卧村北。

这时北海龙王喝茶回来，听说夫人出宫与旱魃决斗，遂驾祥云来此，一声霹雳，灭了旱魃，大雨倾盆。

龙王娘娘也在此时，漩一大池，产下龙子，在龙王的照料下返回龙宫。

从此村北留下一土丘，形似龙状，土丘前大池也似龙身。遂改村名为“龙池”！

2017 年 6 月 23 日根据采访整理

乡音化干戈

清朝光绪年间，吉林伯都讷厅大堂上来了两个人，撕撕扯扯，相互气愤地说着：“你啵嘀[①]！你待啵嘀！”理事同知大老爷一听笑着说：“恁两个你也别啵嘀！他也别啵嘀！今天大老爷我请客，吃完饭后恁两个该啵嘀啵嘀！”就这几句话把在场的所有人都闹蒙了，这是怎么回事？

原来这两个人都是自山东省昌邑县逃荒来孤榆树屯落户的农民，在附近开垦土地，为边界而发生争执，因谁也不肯相让而闹上公堂。他们两人都是说的昌邑方言，谁也听不懂。恰巧伯都讷厅理事同知大老爷也是山东昌邑人，就他自己能听懂。心想：都是一个地方出来逃荒的穷乡亲，何必为几尺土地而闹得不可开交？遂想出了一个主意，请老乡吃顿饭，在饭桌上化解两人的恩怨多好。于是就出现了大堂上各人的那段话。

在酒席上，两个昌邑农民被理事同知大老爷奉若上宾而受宠若惊，只好乖乖地听从大老爷吩咐：“你们回去各让出二尺土地，把这四尺土地挖成沟，在两旁各栽上桑树，旱天可引松花江水灌田，涝年也可用此沟排水。等桑树长大还可以养蚕，把

---

① 啵嘀：昌邑方言。意思有两层：一是疑问词，意思是怎么回事？二是叹词。“你啵嘀！你待啵嘀！”意思就是“你怎么着！你想怎么着！”

咱昌邑的丝绸搬到这里多好？”

就这样一场争执被理事同知大老爷用乡音土话在酒席上和风细雨地化解了。几年后附近农民都学着在边界上挖沟、栽桑养蚕，这里成了富庶的鱼米之乡。昌邑的丝绸也在吉林的榆树县落户了。

2018 年 1 月 13 日于敦梦轩

钖茶壸

民国二十年（1931）年间，初春的一个早晨，旷野的阡陌小路上走着一个俏丽的、散发着青春活力的姑娘，哼着歌曲，走向一个桃红柳绿的乡村。

乡村的学堂：院东墙下的梧桐树上小鸟在叽叽喳喳地歌唱，教室内学生们书声琅琅。

凤雏走在学堂院子内，从朗朗的书声中听到了窃窃私语：

一个男孩的声音："听说今天来一个新老师，咱们怎么难一难她呢？"

一个女孩的声音："好办！我爷爷教我三个字，就用这三个字考考她！"

另一个粗声大嗓门的声音："这不是锡、茶、壶三个字吗？谁不识得？"

（男孩和女孩的笑声）

男孩笑道："错了！三个字都错了！但我们不告诉你，等会让老师给你解释吧！"

凤雏暗想：幸亏我学过这三个字，要不还真让十二三岁的孩子难倒啦！

凤雏轻盈地迈进教室，走上讲台，一声莺鸣："同学们好！”并深深一鞠躬。

参差不齐的童稚声响起：“老师好！”

“今天第一堂课咱们什么也不做，就是相互认识一下：我叫凤雏，以后叫我凤老师就可。同学们也各自报个名吧。”

我叫裴蛋、我叫智童、我叫慧妞……同学们七嘴八舌地嚷嚷开来。

这时凤雏也基本从声音中确定了刚才窃窃私语的是谁了。

“同学们，谁有疑难问题就提出来，咱们大家共同解决。”

裴蛋马上站起来说：“老师，我有三个字不识得，请您给解释。”说着，走到讲台前把一张纸条交给了老师。

凤老师接过纸条笑了。马上在黑板的右边写上了钖、荼、壸三个字。问：“同学们，这三个字怎样念？”

大部分同学都异口同声地说：“锡、茶、壶。”

只有智童、慧妞没有吱声。

“慧妞同学，你来念念这三个字。”

慧妞用眼睄了一下智童回答：“我也不知道念什么。”

凤老师马上又在黑板左边写上了“锡、茶、壶”三字后问：“同学们这三个字怎样念？”

“锡、茶、壶。”同学们全部众口一词地回答。

凤老师说：“对了，同学们都很认真。这三个字分别念锡、茶、壶。而右边三个字分别都多了一横，就不念锡、茶、壶啦，而念钖、荼、壸。”

凤老师分别在钖、荼、壸三字下做了解释：

钖（杨）：古代马额上的一种装饰。

荼（图）：①古书上说的一种苦菜。[荼毒]喻苦害。

②古书上指茅草的白花：如火如荼。

壸（捆）：宫里面的路。

智童私下对慧妞说："看来以后咱们不能轻视老师了！"

根据柳疃一带民间传说整理（原有真名实姓，编者改用化名）

2017年11月18日

注：钖、荼、壸，因那时无拼音，所以用别字注音。

门压红砖　发迹平安

在我们家乡昌邑潍河两岸，每逢有结婚的，都会看到男方大门上压着一对用红纸包着的砖坯。这是怎回事？我抱着好奇的心理，咨询过很多老者，都说不出个所以然来。那天在夏店庙会（农历九月二十九）上有幸遇到几个在庙门外坐着马扎闲聊的老者，为我解开谜团：

五代时周太祖郭威统一天下，登基做了皇帝。为他打江山的赵匡胤义兄弟也得到了封赏。一天赵匡胤忽然想起了在落难时潍河东岸的一对老夫妇赠食之恩，遂邀约义兄柴荣来昌邑私访。这天路过一个村庄，正遇有娶媳妇的。义兄弟虽上学不多，但也粗通易理，心中疑惑："办喜事怎能用今天这个'破日'？我们看看去。"就这样兄弟二人来到喜主家门外，一左一右向里看拜天地的新郎新娘。看了一会儿，临走为了验证这家的兴衰，就每人放了一块砖在门楼上做记号，以后看看怎么样。

两年后柴荣接替义父郭威做了皇帝。赵匡胤因上次没访到恩公恩婆不死心，又邀柴荣来昌邑私访，并顺便验证那年用"破日"结婚那家的吉凶。来到当年喜主门前，正赶上喜主为新婚不久的儿子考中举人而庆贺。兄弟二人询问当年是何人看的结婚日子？老翁答道："日子乃苗先生所定，他当时说，日子虽是凶日，但有贵人守门，无妨，乃是上上大吉之日！"兄弟二人惊问："苗先生何许人也？现在何处？"喜主回道："苗先生乃山西人，姓苗名训，字广义，因山西战乱，而游学此地。现在东庄教书。"兄弟二人辞别喜主，来到东庄，访到学屋。二人刚到院子，苗先生就跪俯门外，口称："草民接驾来迟，万望恕罪！"兄弟二人更惊：我们民间私访，穿戴与平民一样，也没见过苗先生，他怎知就里？遂问其详。苗先生奏道："虎行林间隔山威，龙卧深潭有惊雷！"二人慌忙将苗先生扶起。苗先生将君臣二人请到庠中。经过交谈，兄弟二人知其有经天纬地之才，遂相邀辅助治理国家。苗先生初始推辞，怎经得起二人求贤若渴之情，只好出山辅佐柴荣和赵匡胤成就了一番宏伟大业。

自此聪明的潍河两岸人用此典故中二龙守门、大门上压红砖的形式做平安发迹的兆头，留下了结婚在大门上压红砖的风俗，至今1000多年历久不衰。

2017年12月13日于寒舍

即景随笔

二月兰笔会小记

山东祥龙，建筑枭雄；多元发展，事业恢宏；玉兰花开，春和景明；邀约作协，游园采风。

风和日丽，春光明媚的2018年4月14日，昌邑市作家协会组织了“山东祥龙建业集团二月兰笔会及采风活动”。

乘车来到潍水河畔的二月兰基地，文友们齐聚平安桥下，观赏潍水环清；徜徉于二月兰的群花之中，闻香争鸣；玉兰含苞笑迎游客，叶绿花红。

走进卡酷七色光艺术幼儿园，欢乐孩童，享受着优良的精神启蒙。

步入集贤养老院，矍铄妪翁，幸福微笑，欢度夕阳红。

来到鄑邑第一所大学城——山东环境职业工程学院工地，安全生产，机声隆隆，昭示着莘莘学子，瀚海驰骋。

宝地御园，保留了半个世纪前的石雕苍松，见证着昌邑三中校友的眷恋心情。

徘徊于苗木园林，盛开的玉兰，含苞的海棠，万紫千红，象征着企业的繁荣昌盛。

漫步在基地院内，井然有序的管理，蕴藏着领导的心血，预示着事业的兴隆！

2018 年 4 月 14 日于采风现场

漫话社日

今天是二月初一，按干支纪年是戊戌年乙卯月戊申日，是立春后的第五个戊日，今日春社。

社日，古代祭祀土神的日子，春秋两祭，分春社、秋社。“社”字拆开便成示土，可见我们祖先对土地的重视。

《通天万年历》载:“立春后第五个戊日为春社，立秋后第五个戊日为秋社。”“戊”是天干的第五位，戊日是干支纪日法的戊辰、戊寅、戊子、戊戌、戊申、戊午六个日子的简称。干支就是天干和地支的简称。天干是由甲、乙、丙、丁、戊、己、庚、辛、壬、癸10个字组成，地支是由子、丑、寅、卯、辰、巳、午、未、申、酉、戌、亥12个字组成。天干第一字和地支第一字组成“甲子”，天干第二字与地支第二字组成“乙丑”……以此类推，组成六十甲子，如此反复循环，古人用以记载年、月、日、时。

春社祭祀土地神，祈求风调雨顺，五谷丰登。秋社祭拜土地神，向土地神表达丰收的喜悦。

提起社日，让人想起唐朝诗人王驾的诗句“桑柘影斜春社散，家家扶得醉人归”的热闹繁荣景象。

古时人们还借春社祭神的日子，各家族长凑在一起商讨修桥补路、淘井清湾、湾旁栽树等的公益事情。到了秋社，人们借此聚在一起总结一年来丰收的经验和一些损失的教训，合计哪家鳏寡老人需要救济，该送棉衣和柴火御寒了。

这种习俗自几千年前一直延续到20世纪40年代末，随着人们对神的崇拜意识的淡化，不再祭社了。那些公益的事情也被村公所、大队、村委会取代，社日也渐渐被人们遗忘，各种历书、日历等也不再见对社日的标注了。

2018年3月17日

漫话三伏

今年农历五月二十七夏至，第二天是庚辰日，六月初九是庚寅日，六月十九是庚子日，是夏至后的第三个庚日，今日入伏。

俗语说:“热在三伏”。什么是“伏”？据《史记正义》释:“伏者，隐伏避盛暑也。”以后就把“伏”借指盛暑季节。入伏是指进入“三伏”天。三伏是指：初伏、中伏、末伏。每年三伏日期都有所不同，它是根据“干支”纪日编排的。以“夏至”后第三个庚日起为“初伏”，第四个庚日起为“中伏”，“立秋”后第一个庚日至第二个庚日间为“末伏”。初伏和末伏都是10天，中伏天数不固定，夏至到立秋有四个庚日的年份是10天，有五个庚日的年份是20天。

夏至总是在每年的6月21日或22日。这时太阳正位于北回归线上，处在地球北半球的我国，白昼最长，黑夜最短，受太阳照射的时间最多，天气应该最热。但实际上却是“三伏”最热。这是为什么呢？因为夏至时地面积累起来的热量还不多，近地面的气温还不至于立即升得很高。到了三伏时期，虽然白天比夏至日稍短了些，但毕竟还是日长夜短，白天吸收的热量大大超过夜晚散失的热量，地面上的热量越聚越多，再加上这段时间我国大部分地区受副热带高压的控制，更促使气温急剧上升，往往会出现全年中的最高气温，所以俗称“热在三伏”。

在40年前，昌邑乡间“入伏”的习俗还是“头伏饺子二伏面，三伏吃的饼卷蛋”。这一习俗据传是自汉朝“伏腊”演变而来的。《汉书》载：“田家作苦，岁时伏腊，烹羊炮羔，斗酒自劳。”但近二三十年来，随着生活水平的提高，人们平时吃的就比原先过节吃的还好，这一习俗也就逐渐消失了。一般历书和日历牌也不再标注了。

2017年7月12日于寒舍

岁序月令解读

春节期间拜读赵忠亮先生大作《浪中行吟集》。开卷第一篇序文中杜澎老先生的时间落款就是“岁在强幸作噩黄钟之月”。余虽在古文中见过这样的落款，但还是不能马上明白是何年何月，只好求教于手头资料，才弄明白是“丁酉年十一月”。这是怎样来的呢？吾相信大部分文友，尤其是年轻文友，恐怕弄不明白。爰编撰拙文，分享给大家，也好在以后阅读中知其所以然。

中国古代的岁序与现代人使用的公元不同。清代以前（直到现在民间还有用此纪年法的）使用的岁序是以“干支”合起来计算，叫作“干支纪年法”。“干支”就是“天干”“地支”的简称。天干由甲、乙、丙、丁、戊、己、庚、辛、壬、癸10个字组成；地支由子、丑、寅、卯、辰、巳、午、未、申、酉、戌、亥12个字组成。天干第一个字与地支第一个字组成“甲子”，天干第二个字与地支第二个字组成“乙丑”……以此类推，组成六十甲子，如此反复循环，古人用以记载年、月、日、时。

但有一些文人为显示自己的才学，又根据古籍中的一些记载把干支异名化。笔者根据自己掌握的资料整理如下：

岁 序

岁干：甲（阏逢）、乙（旃蒙）、丙（游兆、柔兆）、丁（强圉）、戊（著雍）、己（屠维）、庚（上章）、辛（重光）、壬（玄黓）、癸（昭阳）

岁支：子（困敦）、丑（赤奋若、汭汉）、寅（摄提格）、卯（单阏）、辰（执徐）、巳（大荒落、大芒洛）、午（敦牂）、未（协洽、叶洽）、申（涒滩）、酉（作噩、作鄂）、戌（淹茂、阉茂）、亥（大渊献）

例如：今年是戊戌年就可以落款为“著雍淹茂”或“著雍阉茂”。

农历十二个月的雅称

一月：正月、孟春、寅月、新正、元春、肇岁、献岁、岁时、陬月、端月、孟陬、芳岁、春月、谨月、三正、睦月

二月：仲春、卯月、如月、杏月、酣月、小草生月、中和月、媒月、大壮、花朝、仲钟、四阳月、春中、丽月

三月：季春、辰月、暮春、杪春、蚕月、花月、桃月、姑洗、雩月、小清明、桃浪、五阳月

四月：孟夏、巳月、乾月、槐月、余月、夏首、初夏、始夏、纯乾、清和月、乏月、荒月、农月、维夏、六阳月、花残月

五月：仲夏、午月、蒲月、兰月、榴月、橘月、皋月、端阳月、鶉月、芒种月、忙月、恶月、小刑、天中、启明、郁蒸

六月：季夏、未月、且月、荷月、暑月、伏月、暮夏、杪夏、晚夏、焦月、林钟

七月：孟秋、申月、早秋、新秋、肇秋、巧月、瓜月、相月、七夕月、文月、兰秋、凉月、文披月、大庆月、孟商

八月：仲秋、酉月、正秋、桂月、桂秋、获月、壮月、柘月、雁来月、爽月、清秋、红染月、叶月、南吕、仲商

九月：季秋、戌月、菊月、朽月、玄月、暮秋、菊秋、素秋、杪秋、霜序、小田月、剥月、贯月、咏月、红叶月

十月：孟冬、亥月、阳月、吉月、坤月、小阳春、拾月、初冬、上冬、极阳、良月、始冰、应钟、正阳

十一月：仲冬、子月、畅月、辜月、葭月、复月、广寒月、龙潜月、雪月、寒月、黄钟、纸月、天正月、一阳月、阳复、阳祭

十二月：季冬、丑月、腊月、涂月、嘉平月、梅初月、春待月、暮冬、杪冬、清祀、冰月、师走、地正月、二阳月、大吕、冬素

例如：今年正月就可以写为“著雍阉茂孟春”，二月就可以写为“著雍阉茂杏月”。

日期别称

古人在日期落款时也好用别称，例如笼统的日期上、中、

下旬，就用上澣、中澣、下澣。具体的日期初一用元日，初六用顺日，六月六用荷花诞日，七月七用巧月巧日或鹊桥日，初八用上弦，十四用准望，十五用之望，十六用既望，二十三用下弦。还有用某某前几日，后几日的。例如十八有的就写某月之望后三日。总之名目繁多，不一列举。望有识之士不吝赐教，提供更详尽资料。

2018 年 2 月 27 日

农家乐

乡村田园风光好，路旁房前琪花草。

喜的是环境幽静，乐的是绿树拥绕。

春苗发得早、夏收机声闹，果实累累秋天到、白雪飘飘冬来了。

晚间诗书伴，晨起练剑操。闷向河边钓，闲来键盘敲，邀几位知心友，网上漫侃聊。

电视机前坐，儿孙把茶泡，看的是国家大事，听的是戏曲歌谣。

这滋味、谁人知晓？

2014 年 6 月 12 日中午在家听得村外夏收机声隆隆，有感而发

情忆老同学

人生的情感中有亲情、友情、爱情，其中友情中最纯不过同学情。人的一生中，同学情始终伴随着终生，是一生中的财富，是每一个人经过身心交流、情感交融得来的情谊。

同学情至真至纯，像玉壶冰心，似银色月光，让人心透明、让人生温馨。像白开水那样平淡无奇，它没有茶叶那样丰富的内涵，也没有咖啡那样浓烈的芳香，但它透着清新、质朴、坦荡和真实，一遍一遍地温热着我的心……也没有名利的杂质，没有物欲的浊流，只有共同走过的一段黄金岁月。

毕业后 10 年、20 年、50 年……同学聚会成了人生的盛宴。什么都可推辞，就是同学聚会不能不参加。回首望：人间冷暖、世态炎凉、官场风云、商海沉浮、甜酸苦辣、悲欢离合，让人踏实的、难以割舍的，还是浓浓的同学情。

同学相聚，一杯清茶、一次握手、一阵感叹，无拘无束，自由自在，彼此间没有高低贵贱，没有阿谀奉承，没有虚伪做作，没有勾心斗角。有的只是心灵与心灵共鸣的感动。时间可以更改我们的容颜，却无法改变我们同学之间的纯真友情，那浓浓的友情如同汩汩暖流在我们的心间流淌。虽然我们为生活而奔波、为事业而忙碌，但我们知道，我们永远是同学。无论岁月如何改变，不变的是我们永远纯真的同学情。

谨以此文献给所有老同学

2017年元旦，应陈瑞祥先生之邀，老同学相聚于其家，席间互诉衷肠，其乐融融。归家后，心潮难平，有感而发写于寒舍

农历四月别称趣谈

今天已进入农历四月好几天啦！农历四月的天气，温暖而明媚：草木成荫，槐花飘香；莺歌燕舞，灿烂霓裳；蜂飞蝶闹，桃李卸妆；牡丹盛开，芍药芬芳。没有盛夏的浮躁和慵懒，到处都是恰到好处的和煦阳光。在这花红柳绿的四月，你可知道古人对四月的别称？

一年有四季，每季分为三个月，各按次序排列。古时以孟、仲、季来做兄弟姐妹的排行，孟为大，仲为次，季为三。转而作每季月份的次序，所以春夏秋冬四季的三个月份皆有孟、仲、季的别称。农历四月就正名“孟夏”了。

四月，风和日丽，清和景明，所以又叫“清和月”。

四月又称“余月”。余即舒展之意，四月万物舒展，皆生枝叶，处处昭示着繁荣景象。

四月是槐花盛开的季节，浓香飘溢整个世界，故而又称“槐月”。

你知道农历四月还有哪些别称吗？

2017 年 5 月 1 日于陋室

祭而丰不如养之厚

寒衣节（农历十月初一）即将来临。这几天旷野阡陌就有三三两两的人为过世的老人送寒衣了。

农历十月初一虽未进入冬季，但已经时过霜降（今年因闰月例外），天气渐冷，未寒送衣，属于“未雨绸缪”的计议。既体现了上坟人对亲人的牵挂，又避免了世间称颂的“雪中送炭”那种临时抱佛脚的尴尬。寒衣节的来历虽说法不一，各有千秋，但我们北方人大都采信“孟姜女”的传说。据传说，孟姜女新婚燕尔，丈夫就被抓去服徭役，修筑万里长城。秋去冬来，孟姜女千里迢迢，历尽艰辛为丈夫送衣御寒。谁知丈夫却已累死在工地上，并被埋在城墙之内。孟姜女悲痛欲绝，哭天号地，感动了上天，哭倒长城40里，找到了丈夫的尸体，并用带来的棉衣重新装殓安葬。由此而产生了“寒衣节”。

百善孝为先，对去世的长辈“葬之以礼，祭之以礼”，理所当然。但若以“厚葬厚祭”来体现孝心，则是对传统孝文化的误读。古人云：“祭而丰不如养之厚。”发扬孝道应弘扬“厚养、薄葬、薄祭”的观念。老人生前都希望得到子女的关爱和照顾，晚辈在亲人生前应尽心赡养，让他们颐养天年，死后丧葬、祭祀则可尽量从简。尊重和缅怀先人，贵在传承其优秀的精神品格。如果对亲人生前关怀不够，即使厚葬、厚祭也难以真正体现孝的真谛。

父母不需要我们给他们多少钱，但他们很需要子女的陪伴。因为子女是父母最深的牵挂，无论我们多大年纪，在父母眼中永远是长不大的小孩。

钱永远是赚不完的，有空时回家看看父母，他们只需要我们回家而已。别让父母日日望，夜夜盼，望穿秋水，却见不到人影。

寒衣节让我们好好感恩，善待父母。父母的养育之恩，是我们穷其一生也无法偿还的。

别让“子欲孝而亲不待”成为你人生中的遗憾！

2017 年 11 月 13 日于寒舍

悼亡妻

今天（2018 年岁次戊戌正月十四）是爱妻仙游八周年忌日，余在阡陌荒丘前焚化冥币之际，眼前呈现幻觉。

在这乍暖还冷、春寒料峭的正月里，耳边怎响起了“卖冰棍咪！”的声音？噢！那是 20 世纪 80 年代初，三伏酷暑，中午暴虐的阳光肆意灼烤着大地，庄稼都垂下了叶子，一个头戴苇笠，手推自行车，车把上还挂着水瓶子和毛巾，脸被酷阳烤得紫红的少妇，为了减轻丈夫的负担，补贴家用，在叫卖冰棍。

在这荒陌野外哪来父女拉呱的声音？哦！那是汝清明节前给舅公公送银鱼子时的对话：“你给你娘家送去啦？”“我煎好后先给我两个爷爷（丈夫的两个二堂叔祖，无依无靠）送去了，这不是来给你送，也顺便给俺娘家送去。等会儿还要给俺姥娘家去送。”

漆黑的夏夜，天气闷热，蚊虫嗡嗡，忽然从没人高的玉米地里传出呵斥声：“敢自让你在地头上睡会儿，怎么又进来啦！就不怕被玉米叶子拉得疼？要不明天你呶[①]上工地？快出去吧！我自己浇就行！”这是夫妻俩在浇地。

① 呶：方言，意思是怎么。

座机早就撤了七八年了，怎么还有电话声？哎！那是本世纪初汝在电话中嘱咐上大学的儿子：“孩子，你要安心读书，不要考虑学费问题，我们就是砸锅卖铁，也要供应你上完大学！你只管学会做人，学好文化，不要考虑太多！其他一切有我们！”

冥币火旺，纸灰飞扬；伊人远去，游憩何方？

戊戌年孟春准望　泪撰于爱妻坟前

茶话会感赋

2018年3月3日（农历正月十六）晚，“2018年昌邑市作家协会新春茶话会”在昌邑市社会组织服务中心举行。茶话会上，姚凤霄主席总结了2017年昌邑文学界作品创作的情况，并部署了新的一年里作协创作的开展计划。

随后，参会会员进行了诗朗诵及歌舞表演。余应张世奇老师之邀，现场创作了《茶话会感赋》，并做了朗诵：

鄑邑古城，礼仪之邦。潍水之左，文山西旁。岁在戊戌，孟春既望。

骚人墨客，欢聚一堂。诗词荟萃，顿挫抑扬。共庆元宵，互祝吉祥。

相约狗年，携手同闯。富产佳作，再创辉煌。

昌邑市作家协会首届文学沙龙感言

2019 年 3 月 16 日晚 7 点，昌邑市作家协会首届文学沙龙于云德茶书院四楼如期举行。古稀老翁亲耳聆听姚凤霄主席的不倦教诲，受益匪浅，在此对主席的辛劳付出致以崇高的敬意！

回忆痴叟的文学之路，不胜感慨！ 20 世纪六七十年代时，余也曾在昌邑文坛昙花一现（在《大众日报》《潍河文艺》曾发过拙文《学习董加耕、励志新天地》《联姻题》）。改革开放后，余由于疲于生活奔波而脱离文坛三十载。余年事渐高、草庐闲居后，是师姐姜丽芳女士把余这沉睡的田间农夫唤醒，俾痴叟又重新走上文学之路；是李发宁主席不嫌痴叟拙文浅陋而发表推介，引起中央电视台的关注（拙文《二月二、龙抬头、围宅打囤炒叶豆》），在宋建文台长等老师的陪同下到访乡野草庐，使阡陌笠翁微名渐闻。是拙作《刘家庄人文》之面世，得以文学前辈的垂青而扩大了交际面，让井底之蛙得窥世界，余借此平台一并深表谢意。

感谢众师友不弃古稀朽夫的丑拙而与之同聚一堂，共探文学的奥秘，爰耄耋之人顿觉返老还童，在领头人的带领、提携下，挽手奔赴文学殿堂。

“昌邑市作家协会2020年端午·第五次文学沙龙”发言

“作家的社会责任感和历史使命感连着文学和时代、文学与历史、文学与民族之间的深刻关系，凸显着作家的文化底蕴、思想格局和精神境界。以文立德，勇于承担时代、民族和社会责任，以高昂的理想鼓舞人、以高尚的情操感染人是作家创作的社会责任。杰出的作家的作品之所以能世代流传，根本在于作家将自己的观察、思考和创作自觉地融入时代发展的大势之中，自觉地将个体命运与民族、国家的命运紧密联系在一起。能否以时代风气的先觉者、先行者、先倡者的担当，与国家利益心心相印，同民族大义息息相通，是检验一个作家品格的试金石。”（摘自《文艺报》，1949年）

在今天的“作协文学沙龙”中我想首先向领导和师友们表示感谢！（鞠躬）感谢领导的提携，感谢师友们的不弃，让我这愚钝乡野农夫滥竽充数地跻身文学殿堂，与师友们共处一室，研讨创作经验和体会。在此，再次表示感谢！！

下面我就结合自己的写作说一下亲身体会吧。

一是写作要真实准确。尤其是涉及历史题材的文章，除自己的亲身经历外，必须进行考证，不能随心所欲，把宋代大文学家苏轼写成是鲁迅的学生，也不能生搬硬套地把不同历史时期的文献拿到现阶段来引用。报告文学就更不用说了！必须表达准确（如不能把做饭的风箱写成安在灶台的右边），否则就让读者难以相信和接受。

二是写作不能在量上敷衍，没有新的或者至少能触动自己的东西（也就是创作灵感），宁肯不写。不刻意地为写而写，要以书本为师，要拜生活为师，细心地阅读，悉心地观察，切合实际地想象，细致地描写。创作只是一种自我表达，不能给它设置太多的附加意义。一定要顺其自然地、“自我”地写作。否则就适得其反，越写越乱，越写越滥。

不好意思，占用了师友们不少时间，请谅涵、指正。

2020 年 6 月 26 日于文山书院

龙乡诗文会序

夫天地者，万物之逆旅；光阴者，百代之过客。人生若梦，为欢几何？岁序常易，秉烛良多！2021年，岁在辛丑，孟春之望后五日，齐君邀我，会于鄑邑之龙乡，品茗吟诗，煮酒论文。值院内梅花盛开，牡丹含苞，呈瑞气之祥也！群士俊逸，皆为贤达；唯吾苍头白发，颓乎其中，愈心独惭。未及阔谈而清开琼筵，对花飞觞，觥筹起舞；不有佳作，何伸雅怀？如诗不成，罚梓泽酒数。

潍水痴叟 献丑席前

注：齐君乃龙池镇齐西村齐金华先生。梓泽是西晋时期石崇别墅金穀园之别称。齐金华、魏再林、朱培庆、魏兴科、魏有盛、刘维令、陈相田七子，自幼生长古鄑水之畔。自21世纪10年代，年事渐高，淡出事业，因志趣相共而结识；喜寻迹览胜而奔波于荊棘坊碣之中，好吟诗论文而自娱于樵牧歌咏之下，品茗吟诗，煮酒论文，何其为安乐者乎？愚夫得失之际，非俗人所能知焉！古有建安七子、竹林七贤，今兹七子可谓“鄑水七友”也！

2021年3月3日于敦梦轩

鄑水河畔文友欢

辛丑岁嘉平之望后三日，寒腊料峭、梅花含苞，魏君邀余，会于百塘龙乡、鄑水之畔。拥炉煮酒、围几品茶，谈天说地、论古咏今，此举真乃一大盛事也！

对溪举觞，溪深而鱼肥；临桌佐餐，馐珍而酒洌。虽无丝竹管弦之盛，一觞一咏亦足以畅叙幽情！

东道嘱余以序，余乃后生末学，岂敢班门弄斧？举觥独惭，唯咏一绝以自罚之：挚友七八个，烹茶品歠香。温醪吟雅句，举杯诉情长。

后学林夕　即席献丑

注：魏君乃昌邑市龙池镇魏西村魏兴科先生也。辛丑岁即2021年，岁次辛丑。

痴叟辩

余尝自诩“痴叟”，有朋谏之曰：“非也！吾岂敢苟同？”爰辩之：

“痴”乃痴迷也！与他异，焉有弄文之农夫者乎？

“叟”未必年高，君不见文坛大家欧阳公庆历六年（1046）写《醉翁亭记》？时年39岁，竟自谓：“苍颜白发，颓然乎其间者。”也是年事已高哉？

然，潍水文苑，忝在耋翁，亦自诩自嘲曰“痴叟”者矣！

2017年11月15日辩于柳疃敬老院

祖孙两进士村采访记

壬寅年午月之望后五日，榴花似火，麦浪翻滚。田野机声隆隆，收获着丰收的希望。余应邀采访了祖孙三代两进士村——柳疃镇前官庄村。余受到村负责人高玉峰先生的热情接待，由高延春先生陪同，品茶聊天，讲古论今，畅谈甚欢，并赠余《前官志》，然后到院子内，拜瞻了两进士及其他高氏名人碑碣残片。余又到高氏祠堂瞻仰盛况，受到高延林先生的盛情接待，俾余拜瞻了高氏各地族谱。余感激至极，无什报答，只好口占一绝以谢之：

村前高速汽乘翔，庄后玉带专列忙。
路转峰回改革日，引导慧者奔裕康。

潍水痴叟　记于敦梦轩

2020 年 6 月 18 日

注：壬寅年即 2022 年。午月即农历五月。两进士即雍正癸卯科武进士高志唐及其孙嘉庆丙辰科武进士高殿鳌。

诗苑学步

我本是一个面朝黄土背朝天的农夫，对中华瑰宝——诗词情有独钟，喜爱诗词的原因是：它可以用简短的语言、很少的文字就能表达出很丰富的内容。短短的几句话就能勾画出一幅美丽的风景画面、描述出一个生动的故事、表达出一个人内心的情境。它可以深藏寓意，用于给人启发，让人觉醒，也能说出自己不能直言的情结。诗词和其他文学形式一样，都是客观世界在作者头脑里的艺术反映，都源于客观现实生活。诗词又是作者对社会生活的一种积极的审美活动，是作者对真、善、美的追求与创造的结晶。它反映和表现的生活，是富有诗意和哲理、充满感情和想象的生活，它源于生活而又高于生活。

但我对“诗词”一窍不通。不用说诗词的格律和平仄啦！就是连诗词的基本规矩都不懂。只是照着古人诗词模样凭着自己的感情吼出来的顺口溜。我想：写出来的东西只要能够顺口押韵，能表达自己的心境就成。写作诗词的目的：一是自乐，二是让它们在我的知己好友中传达我的“心声”而共乐。这些顺口溜在诗词大家眼里不过尔尔。但我把它们收集起来了，作为痴叟日后对生活的回顾尔。

2018 年冬，我代表昌邑市文山诗书社龙河分社到总社领取《文山诗词》，魏选之老师为了提高我的诗词写作水平，对我进行了悉心指导，并赐赠一册《中华新韵暨诗词写作知识》，让我照着诗词格谱先学着“填诗”（而不是作诗），等熟练后就能自由书写啦。在此对魏老师表示感谢！回家后，我翻阅书本，查找书本中对“诗词”的写作要求，再对照自己写的“东西”，确实是不伦不类！我一度对诗词写作失去信心，几乎停止了再写。我就是在特殊场合为了表达心情胡侃几句，回家后也要对照书本按照格谱修改，但对诗词的对仗和对联还是一窍不通，只能说我作的是顺口溜或者是打油诗了。

博陆怀古

春风拂面，鸢飞草长。

梨花飘雪，百里闻香。

博陆怀古，梨园观赏。

飞阁俯视，花饺品尝！

这些都已成为山阳梨花节最吸引游客的项目。

漫步千年梨园，“梨花仙子”翩然飘逸，坐落撷英池旁。

缓行数武，眼前呈现“千年梨王”。

老干遒态，尽现千年沧桑。

梨蕾含笑，见证当年辉煌。

枯枝断臂，诉说毁林造田之荒凉；新叶舒展，绽放今日之芬芳！

山麓之阴，霍光辅政，洞内典藏。

汉代勋臣，尽叙博陆来历之详。

拾阶而上，防空洞内展现国共之争的战役山阳，再呈解放军之辉煌。

飞天高阁，新落成于山巅之阳，两根明柱上的对联曰：

越浮云腾空廓落飞天阁，

登极顶一览神奇博陆山。

登临阁上俯瞰：

潍水盘环，油菜花香，

怒放之二月兰馨郁芬芳。

舒目东望，雾霭缭绕，

隐现鳞次栉比的村落曰山阳。

循着山路，小心谨慎，

漫步红石峡上，水花四溅，瀑布飞扬。

红峡湖内，美女童稚游弋于画舫。咏春水榭，座落湖旁，对联曰：

远道息尘劳向此间坐石看云放怀宇宙，

高台瞻胜迹慕当日耕山钓水俯视王侯。

迂回山行，八卦台盘踞山怀之阳。

乾坤巽艮，旌旗飘扬。

仰望晓月亭，屹然天上，

晓风晚翠，明月春江。

陆山东麓，王氏祖茔，雄踞于环山路旁。

敬宗追远，祖恩难忘。

孝德永存，世代流芳。

碑文铭记，玉富华章。

路右观书名亭，亭下静波半亩塘。

朱子诗文铭刻石上：

半亩方塘一鉴开，

天光云影共徘徊。

问渠哪得清如许，

为有源头活水来。

走出山岗，回头再望，木制门楼，矗立路上，横匾曰：博陆胜境。

对联是：亘古滩流三百里，

文明山载五千年。

如今博陆山岗，正在舒展翅膀，

乘政通人和之东风，凌空翱翔！

2018年4月8日于敦梦轩

庆丰收

粮棉俱丰收，财源更昌茂，
市场繁荣万众乐，社员开颜笑。
忆昔苦岁月，喜看我今朝，
丰衣足食何时有，党搭幸福桥。

1980 年于寒舍

即兴吟咏（一）

忠厚为本善传家，以诚待人非虚华，
痛惜和氏璧无瑕，怎奈楚君终不纳。
莫言渭水垂钓浅，文王访贤日西斜，
项氏难容淮阴志，农家桃源事桑麻。

即兴吟咏（二）

传说牛女会鹊桥，仰望银河倍思娇。
何当共语胸间志，桂香漫话刘公岛。

即兴吟咏（三）

客居威海已二载，思乡之心时挂怀。
羁人寒起归故里，君且勿犹来不来。

即兴吟咏（四）

莫笑腊酒浑，馔肴食咸豆，
红瓦砖砌房，村路砼铺就。
春披千顷绿，秋敛粮棉油，
晚间诗书伴，留客一痴叟。

先生光临寒舍，蓬荜生辉，
喜不自禁，挥毫狂吟，乞赐阅正。

即兴吟咏（五）

莫笑农家腊酒浑，荒村陋寨寂静屯。
山清水秀人纯朴，家禽野蔌享天伦。

对妻言（一）

元宵七夕近半年，朔风霜露身心寒，
存者偷生，逝者长眠。
一年一度桥相会，天高云淡鸿雁还，
银河依旧，鹊桥难连。

对妻言（二）

尝忆昔年就今日，举杯同庆伊生时。
蒹葭萋萋无悬望，高堂恩德报无期。

对妻言（三）

先荆仙游一周年，游山逛水怎肯还。
存者翘盼望穿眼，阴阳阻隔万重山。
亲人绕坟痛哀吊，纸钱化灰飞上天。
幽魂若是真有感，保佑椿萱康又健。

对妻言（四）

寒食祭祖宗，阴阳万千重，
谁能膝前尽孝道？唯有尔才行。
春草坟前绿，柳青杏林红，
焉知生死离别苦？泪作春雨倾。

对妻言（五）

先荆坟上长芦茅，岁岁元宵，
今又元宵，亲人哀悼尔知晓？
寒风暴雪冬已去，春光大好，
明媚多娇，生活和谐步步高。

同学相会（一）

同窗共砚五十年，九州大地众星繁。
忆昔校园欢声语，齐咏独吟颂诗篇。
各自奋斗不相见，人已老矣略得闲。
今日留守小聚会，何时尽数大团圆？

同学相会（二）

去岁此日九月九，留守同窗共举酒。
海阔漫谈离别时，轻声细语话故旧。
今年又到菊香候，痴情白发再聚首。
夕阳虽晚余热耀，明天重把凯歌奏。

同学相会（三）

清明佳节人纷纷，各自祭扫先人坟。
假此机遇旧砚聚，同窗故谊俱咸臻。

同学相会（四）

二月艳阳天，清明谷旦，鸢飞童闹笑声欢，
祭扫先人归故里，喜会旧砚。
忆昔五十年，书声笔卷，学子哪敢有暇闲?
今朝同窗重相见，俱是苍颜。

同学相会（五）

三月艳阳天，清明旧砚还，
五十年来风和雨，相对眼泪含！
漫谈离别情，共话故校园，
今日又聚春意浓，再会是何年？

同学相会（六）

春和景亮柳丝长，银发同学聚绸乡。
漫语轻歌庠序事，五十五载历沧桑。
韶华倾尽解甲日，静卧田园享暮光。
淡饭粗茶常知足，心怡身健乐夕阳。

壬辰年三月三咏于昌邑市博物馆

文山峰西博物馆，历史先贤列其间。
革命志士抛头颅，伟大祖国鲜血换。
丝绸之乡展旧貌，铸造之城效益显。
繁荣盛世党领导，社会和谐谱新篇。

青峰凝翠

青山墨松林，传说到如今。
桃李花满树，笑脸迎游人。

清凉大殿

青山之巅清凉殿，为御外虏损故颜。
改革开放今重建，清凉老爷列仙班。
四声大帅镇环宇，风调雨顺佑丰年。
文武财神两侧坐，经济腾飞翻数翻。

仙园遗笔

仙园遗址还犹在，遗笔湮没何处寻？
名胜古迹今重建，流芳千古惠子孙。

祝寿（一）

耄耋高堂坐席间，莱彩斑衣戏堂前。

含饴叶喜天伦乐，曾玄同颂寿无边。

祝寿（二）

耄耋老人居高堂，儿孙齐唱寿无疆。

曾玄同颂千秋岁，天伦之乐永安康。

祝寿（三）

华堂开琼筵，满门呈祥光。

曾孙席前唱，双星寿无疆。

观看“中国共产党第十八次全国代表大会”有感

庆祝我党十八大，喜讯传遍普天下。
建设美丽新中国，和谐小康众人夸。

寄龙河诗社诗友

龙河诗社聚英贤，你咏我唱乐欢天。
歌颂京城开两会，掌航舵手再接班。
反腐倡廉手不软，惠民之路更加宽。
小康齐奔同携手，国家昌泰人民安。

祖茔碑感赋

木必有本水有源，人之祖宗最为先。
墓茔隳湮碑碣纪，垂范子孙亿万年。

自　嘲

碌碌一生废利名，孝悌诚信世无争。
淡茶野蔌常知足，虽老犹觉似还童。

庆祝抗日战争胜利七十周年

丁丑卢沟桥，我弱豺狼嚣。
倭寇侵中华，神州遭强暴。
首战平型关，唤醒我同胞。
抗战依靠谁？全凭党领导。
十四年艰苦，赢得民族骄。
胜利归正义，侵略罪难逃。

抗战胜利有感

丁丑炎夏月，神州濒临亡。
抗战十四年，倭寇终投降。
重建新中国，全靠共产党。
不忘民族恨，富强我家邦。

2015 年 4 月 30 日

九三抗战胜利纪念日悼先父

春种秋收一农民，倭寇侵华危亡临。
毅然扛枪保家国，出生入死五度春。
中华抗战胜利日，老兵复员又回村。
默默耕耘终西去，后人缅怀您忠魂。

诗书社聚会有感（七绝二首）

（一）

龙河社友聚一堂，
吟律泼墨各逞强。
粗茶野蔌常知足，
老有所乐度夕阳。

（二）

龙河诗社龙河旁，
书画诗词普天降。
耄耋再呈当年勇，
童稚挥毫推前浪。

庆长征胜利八十周年

辗转六七省，翻越大雪山，
走过荒草地，胜利到延安。
谁知途中苦，焉晓此辛艰？
迎来新曙光，滋泽民心田。

2016 年 4 月 15 日于敦梦轩

砚兄葛树棠回乡，儿时伙伴相聚有感

五（十）二年前离家乡，魂牵梦绕回都昌，今日有幸归故里，儿时伙伴聚一堂。

同忆湾边玩泥巴，共话教室书声琅，眼下都是白头客，互祝健康度夕阳。

2017 年 1 月 3 日

农家新貌

树绕村庄，水满陂塘；
牡丹迎笑，月季吐芳。
砼路铺就，净街洁巷；
小院几许，尽收春光。
桃红柳绿，苦菜花黄；
抬眼望屋，红瓦粉墙。
漫步室内，书画琳琅；
轩斋一隅，微机音箱。
鼠标轻点，歌声悠扬；
键盘敲击，满屏文章。
徜徉瀚海，增进修养；
农家新貌，幸福小康。

2017 年 3 月 2 日于敦梦轩

春 社

杨柳吐嫩叶，玉兰花香闻。
清心唯煮茗，美味不需荤。
祭社村人醉，时日近春分。
东篱外沃野，翘首待耕耘。

2017 年 3 月 22 日仿谢逸《社日》诗学于敦梦轩

两会赞

农民双手举得高，拥护两会锦绣韬。
和谐小康日渐近，华夏百姓笑颜娇。

两会抒怀

阳春三月北京城，两会召开代表鸣。
国事共商谋良策，细言家务小康迎。
反腐倡廉固根本，慈善扶贫惠民生。
写就蓝图千载计，引领华夏奔锦程。

2017 年 3 月 20 日于敦梦轩

村　居

路旁百花争艳开，处处飘香迎春来。
农家街道洁如镜，野蔌清茶客喜怀。

2017 年 3 月 22 日于敦梦轩

二月兰笔会有感

求知若渴盼师临，倾身聆听教诲音。
耳提面授益匪浅，感谢作家不倦心。

赞二月兰笔会

作协师友情，更比春意浓。
二月兰基地，邀约同伴行。
互恨相见晚，瞬间结宾朋。
争创好杰作，文坛百家鸣。

2017 年 4 月 8 日于二月兰基地

清晨扫花感咏

暮春扫落花，馨香驻农家。
待到严冬过，新蕾又萌发。

2017 年 4 月 25 日于敦梦轩

中秋抒怀

中秋之际，而在远方。
本应团圆，事业奔忙。
寄来心意，遥问安康。
邀约房客，明月共赏。
咸居神州，同根炎黄。
天南地北，缘分情长。
举杯同庆，国泰民祥。
携手齐绘，小康华章。

明月清风寄相思，秋高气爽月圆时，呼朋邀友赏明月，宾友扶归醉叟篱。

丁酉年（2017）中秋夜感发于敦梦轩小院

游石湾花海

石湾花海呈秋芳，薰衣草紫菊花黄，潍水岸左点红妆。
万亩花海迎游人，葵花朵朵向太阳，遥去十里犹闻香。

2017年9月25日于石湾花海

元日立春

爆竹一声辞旧岁，立春新年两相会，互祝福，拜长辈，暖日馨香人欲醉。

戊戌年（2018）正月初一于敦梦轩

春　雨

春雨贵似油，暂解农人愁。
麦苗含珠笑，喜迎夏丰收。

戊戌年正月十二于敦梦轩

昌邑作协茶话会感赋

鄑邑故城，礼仪之邦。
潍水之左，文山西旁。
岁在戊戌，孟春既望。
文人墨客，欢聚一堂。
诗词荟萃，顿挫抑扬。
共庆元宵，互祝吉祥。
相约狗年，携手同闯。
富产佳作，再创辉煌。

戊戌年孟春既望于茶话会现场

寒食观乡野

柳绿花红东风舞，阡陌荒丘亲人哭。
纸鸢纷飞顽童乐，农夫撒播玉蜀黍。

戊戌年二月十九于敦梦轩

青山游

青峰凝翠古流传，秀水环山竹间盘。
珍禽异兽群起舞，夷花胡草漫田园。
村姑改绘旧时貌，农夫谱写新地天。
春光暖人游客住，秋果醉仙不思还。

石埠行

秀水青山，屹立在潍莱高速路边。

潍水田园，坐落于韩信囊沙击楚之古河右岸。

奥孚苗木，绿树葱郁，花红争艳。

宝地石埠，如今乘政通人和之东风，腾飞发展！

庄

庄

村寨 住房

晨起作 夜卧享

春种夏长 秋收冬藏

花草遍地开 瓜果满山岗

闲时河边垂钓 忙季收获晒粮

童叟共唱天伦乐 身健心怡野蔌香

贺柳疃首届桑葚采摘节

太祖食葚潍水旁，罗敷采桑丝绸乡。
故友开轩面场圃，今朋聚园采摘忙。

2018 年 5 月 26 日，柳疃首届桑葚采摘节于潍河傅戈庄观景台举行开幕仪式，咏此绝句以表祝贺。

留 史

历史长河淀乡贤，耕织传承建家园。
屈辱萧条君须记，抗争奋斗景再现。
国富民丰今盛世，撰志铭史不容缓。
弃疑存实慎落笔，留得锦绣后世观。

2018 年 6 月 5 日于柳疃镇志编纂办公室

咏十笏园

小圆玲珑菊吐香，翠竹笑迎游人往。左山水，右书房，中间坐落如意堂。

2018 年 10 月 5 日游览潍坊十笏园，咏于园中

咏 菊

菊生东篱柴障边，迎霜傲雪斗严寒。
待到来年春暖日，绿叶坚身献俊妍。

2018 年 10 月 17 日（重阳节）晨起观篱边菊花开放咏于敦梦轩

立冬前一日（绝句二首）

（一）

寒天日暮雨点稠，
田园农舍稼禾收。
秋风肃杀催冬至，
拥炉煮酒把客留。

（二）

明天冬日至，
暮秋冷雨稀。
把盏斟酽茶，
莫道村醪迟。

2018 年 11 月 6 日于敦梦轩

答友人

吾本鄗邑一痴叟，不虑名利无烦忧。寻开心，多交友，公益常参寿缘留。

2018 年 11 月 7 日文友阎超云先生来敦梦轩闲聊而咏

锦绣龙河

跑道虹桥路蔓延，茶坊禅舍另洞天。
荷塘月色亭轩现，竹林听雨忘返还。
书院诵，古碑观，白龙卧波彩虹联。
丝绸原点今犹在，锦绣龙河谱盛篇。

作协年会赞

文山潍水之旁，郱殿下密古乡。
围子铸城福地，祥龙建业礼堂。
戊戌嘉平伊始，雅士倩女徜徉。
同庆天狗旧作，再商己亥新装。
改革开放四秩，各行业绩辉煌。
讴歌齐赞盛世，作协频获奖项。
老骥奋蹄伏枥，新苗茁壮成长。
金猪临世前夜，静待佳篇馨香。

柳疃碑林赞

龙河两岸诵声琅，碑撰碣林书院旁。
文物重修民意顺，高歌一曲唱绸乡。

2019 年 4 月 6 日于敦梦轩

咏　菊

百花凋谢我独开，紫墨黄白沓至来。
气爽秋高香馥郁，霜滋露润趁余怀。

庚子年菊月上浣于敦梦轩

赞　菊

舍外竹篱边，菊蕾初含艳，不与群芳斗宠姿，频把娇颜换。

雨露润清肌，天冷馨香展，劲朔秋风色更浓，笑傲严霜滥。

庚子年菊月上澣于敦梦轩

立冬日纪事

立冬之日飘中雨，又见天黑降六出。
都道丰年吉雪兆，梅羞菊笑贮清福。

2021 年 11 月 7 日立冬下雨转雪而纪之

瑞雪落柴门（两首）

（一）

六出飞舞漫荒村，
老友拥炉聚鄙门。
说地谈天酌雅句，
犁楼搁置笔耕耘。

（二）

冬雪飘飞漫野村，
知音咸聚我柴门。
烹茶煮酒吟诗句，
说地谈天握笔耘。

辛丑年葭月下弦前二日下雪一天纪之

咏豆豉

红绿黄白浑搅拌，
萝卜大豆菜帮盐。
农家素馔常陪我，
可口佳肴聊佐餐。

2021 年 12 月 25 日于敦梦轩

后　记

我是一个老农民，一辈子面朝黄土背朝天。在繁忙的田间劳作之余，总爱用笔记下日常遇到的一些人和事，久而久之，也积攒了不少文字。有人鼓励我把这些文字发表出来，也好让更多的人知道农村的真实情况。我总感觉这些东西就像夏檩商梁那样粗狂简陋，不值得炫耀，只作为自己的爱好留存就可以了！

因为历年来写的东西，不善保存，而且因村庄规划多次搬迁，多已散落遗失。现只剩下晚年淡出事业后而写的一些粗浅文字，今天把它们整理出来，与读者分享，也算把一个老农民将近一生的记录留存下来，不论好坏，权作一个纪念吧！

因为是随时随地随手写的一些东西，原来想用“林夕随笔”作为书名。征求昌邑市作家协会主席姚凤霄女士的意见，她提出建议:“随笔是散文的一种形式，你的作品多种体裁，应为‘文集’为宜。”爰采纳姚主席的建议，而改为《敦梦轩文集》。在此对姚主席的关心和扶持表示衷心的感谢。

在拙作整理得差不多时，我到原潍坊市文化局副局长、潍坊市文联副主席魏金永老先生寓所求序。魏老被痴叟的执着感动，在审阅拙作后欣然命笔赐序予余，并挥毫题写了书名《敦梦轩文集》。在此对魏老的偏爱表示真诚的谢意。

完稿付梓之际，得到韩庆林老先生帮助校对，在此表示感谢。

一个老农民写出来的东西难免肤浅粗俗，甚至是有些不合规矩，舛误之处在所难免，望领导、师友及广大读者不吝赐教。

潍水痴叟林夕

壬寅年荷月下浣于敦梦轩